Stephan Pörtner

Kein Konto für Köbi

Der zweite Fall für Köbi Robert

Kriminalroman

Atlantis

Die Originalausgabe erschien 2000 im Krösus Verlag, Zürich.

www.atlantisliteratur.ch
Covergestaltung: Lara Flues
Covermotiv: Igor Piwowarczyk
Satz: Tristan Walkhoefer, Leipzig
Gesetzt aus der Stempel Garamond LT / 240120
Druck und Bindung: GGP Media GmbH, Pößneck
Auch als E-Book erhältlich
ISBN 978 3 7152 5520 0

I

Ich musste eine Weile suchen, ehe ich das Büro des Anwalts fand. Rothenbühler, den Namen hatte ich noch nie gehört.

Er hingegen kannte mich oder hatte zumindest meine Telefonnummer. Wahrscheinlich kannte er nur meine Nummer, sonst hätte er mich nicht frühmorgens um acht Uhr angerufen. Die Angelegenheit sei dringend und lasse sich nicht am Telefon besprechen.

»Kommen Sie bitte um halb zehn in mein Büro«, hatte er gesagt und mir die Adresse gegeben.

»Gut, dann komme ich halt um halb zehn«, hatte ich verschlafen gemurmelt und verzweifelt nach einem Stift gesucht, um den Straßennamen, der mir schon wieder zu entwischen drohte, festzuhalten. Ich schaffte es gerade noch.

Rothenbühlers Büro befand sich in meiner Nähe, beim Idaplatz, an einer jener Straßen, von denen man den Namen kennt, aber nie so genau weiß, wo sie sich befinden, weil man dort nichts zu suchen hat. Es war fünf nach halb, als ich vor der Bürotür im dritten Stock eines Altbaus stand.

Bitte läuten und eintreten, stand auf einem kleinen Aluminiumschild über einem weißen Knopf. So läutete ich und trat in eine Art Vorzimmer, das nicht sehr groß, aber ziemlich hoch war. Vor dem Fenster stand eine verstaubte Grünpflanze, links und rechts davon waren zwei graue Aktenschränke. Eine junge Frau saß hinter einem

Schreibtisch und telefonierte. Sie sah irgendwie ungesund aus. Vielleicht lag es auch an dem ausgesucht hässlichen Teppich oder an der Atmosphäre des Raumes. Alles sah alt und abgenutzt aus, als hätte es jemand hier stehen lassen, statt auf den Flohmarkt zu bringen.

»Einen Moment bitte«, sagte die Frau in den Hörer und drückte einen Knopf an ihrem Telefon. Der Apparat sah durchaus modern aus.

»Herr Robert?«

Ohne auf mein Nicken zu warten, wies sie mit dem Kopf nach rechts zu einer Tür, die einen Spalt weit offen stand. Ich ging hinüber und klopfte an den Türrahmen.

»Ja?«, rief es von drinnen, und ich ging hinein. Fast wäre ich dabei mit einem Mann zusammengestoßen. Es war der Anwalt Rothenbühler, wie sich herausstellte.

»Hoppla«, sagte er und bat mich, Platz zu nehmen. Er wirkte zerstreut und abwesend. Sein Alter war schwer zu schätzen, vielleicht war er gleich alt wie ich, Mitte dreißig, vielleicht aber auch zehn Jahre älter. Er hatte halblange, strähnige Haare, sein Gesicht war lang und schmal, die Haut schimmerte weißlich-gelb. Auf der spitzen, schmalen Nase trug er eine runde, breitrandige Brille. Die Gläser waren dick, richtige Flaschenböden. Er hatte einen grauen Wollpullover und braune Manchesterhosen an. Auf dem Tisch stand ein Aschenbecher, der schon ziemlich voll war.

Rothenbühler setzte sich an den Schreibtisch und griff nach seinen Zigaretten.

»Stört es Sie?« Ich schüttelte den Kopf, er steckte sich eine Gauloise blau ohne Filter an.

»Ich nehme an, Sie haben schon von der Sache mit Bruno gehört?«

»Welcher Bruno?«

»Bruno Krämer. Er wurde verhaftet.«

»Bruno? Warum denn das?«

»Mord!«

Ich sagte nichts mehr, sondern schaute diesen seltsam vogelhaften Mann an, der auf seinem Schreibtisch herumfuhrwerkte. Durch die Brillengläser waren die Augen nur verschwommen zu erkennen. Vielleicht war er doch eher Fisch als Vogel.

»Ja«, sagte er ungerührt. »Vor zwei Tagen. Das Tötungsdelikt Baumann.«

Er sah mich an, soweit ich das erkennen konnte. Die Asche fiel von seiner Zigarette, er nahm einen Zug, hob mit der rechten Hand das Papier, auf dem die Asche lag und kippte sie in den Papierkorb. Eine Übung, die er routiniert, quasi blind ausführte. Ich sagte noch immer nichts. Da nicht anzunehmen war, dass er mich herbestellt hatte, um Schabernack mit mir zu treiben, war das, was er mir da erzählte, wohl die Wahrheit. Auch wenn es unmöglich war.

»Sie sind doch ein Freund von Bruno, nicht wahr?«

Ich nickte. Der Anwalt lehnte sich in seinem quietschenden Bürosessel zurück, dessen schwarzes Leder brüchig und abgeschabt war. Es hätte mich nicht gewundert, wenn das Ding zusammengekracht wäre.

»Ich auch, von früher.« Er wedelte mit der Hand vor seinem Gesicht. Ob er Rauch oder Erinnerungen vertreiben wollte, war nicht klar. »Von früher« hieß wahrscheinlich, dass sie schon länger nichts mehr miteinander zu tun hatten, sonst hätte er wohl »seit Langem« gesagt.

»Baumann Werner, wohnhaft in Regensdorf, erschlagen am letzten Samstag, so gegen elf Uhr nachts.«

Sein verschwommener Blick ruhte auf mir, er wirkte jetzt wie ein Papagei, der etwas gesagt hat und mit schrägem Kopf auf Anerkennung wartet.

»Der Neue von Brunos Ex-Frau Rita.«

Er drückte seine halb gerauchte Zigarette aus, nahm eine neue aus der Packung und steckte sie an.

»Oh, excusez, wollen Sie auch eine?«, fragte er unvermittelt, als wäre ihm etwas Wichtiges eingefallen, das Licht in die Sache bringen würde. Ich bejahte, obwohl ich eigentlich nicht rauchte, außer selten, aber nie am Morgen und schon gar keine Gauloises. Aber vielleicht brachte das ja wirklich Licht in die Sache.

»Bruno ist wie gesagt verhaftet worden, am Montagmorgen. Ich habe ihn gestern kurz gesehen. Es schaut schlecht für ihn aus. Er hat mir aufgetragen, Sie anzurufen und Sie zu bitten, der Sache nachzugehen, herauszufinden, wer es gewesen ist. Er, so sagt er, sei unschuldig.« Rothenbühler neigte sich über den Schreibtisch und gab mir mit einem Feuerzeug aus Blech Feuer.

Ich nahm einen tiefen Zug und mir wurde schwindlig.

»Aber eben, er hat ein Motiv und kein Alibi. Zu Hause will er gewesen sein, und ferngesehen will er haben. Irgendeine Quizsendung, wie er sagt, aber genau erinnert er sich nicht mehr. Nun ja, Promille hatte er auch am Montag noch genug.« Wir rauchten beide konzentriert. Ich hatte mit einem Mal das Bedürfnis, mich wieder hinzulegen. Wahrscheinlich die Wirkung des Nikotins.

»Monika hat eine Kopie meiner Unterlagen für Sie bereit, viel ist es nicht. Rufen Sie mich an, wenn es etwas Neues gibt. Ich werde dasselbe tun.« Er stand auf. Ich stand ebenfalls auf, und wir gingen gemeinsam aus dem Büro.

»Monika«, wandte er sich an die junge Frau, die gelangweilt auf ihren Bildschirm schaute und mit einem Finger rhythmisch auf eine Taste ihres Keyboards schlug, »gib ihm das Dossier Krämer.«

Sie zog die unterste Schublade ihres Schreibtischs auf und griff, ohne richtig hinzuschauen, eine dünne Aktenmappe aus der Hängeregistratur. Rothenbühler nahm sie und gab sie an mich weiter. Er war wieder ganz Goldfisch.

»Schlimme Sache«, sagte er seltsam unbeteiligt. »Es liegt jetzt an Ihnen, etwas daraus zu machen. Viel Glück, Herr Robert.« Er lächelte gequält, zögerte einen Moment, nickte schließlich und sagte noch einmal: »Viel Glück.« Offenbar war er auch kein Freund des Händeschüttelns.

»Danke«, sagte ich. Ich sage immer danke, wenn ich nicht weiß, was ich sagen soll, auch in den unpassendsten Situationen. Die Frau hinter dem Schreibtisch schaute weiterhin gelangweilt auf den Bildschirm, ohne jedoch die Tastatur zu malträtieren.

Ich raunte ihr ein »Widerluege« zu und verließ das Büro mit der Kartonmappe in der Hand.

Draußen auf der Straße fiel mir dann der Himmel auf den Kopf.

Ich hatte Bruno mehr als ein halbes Jahr nicht mehr gesehen, seit ich nicht mehr für ihn arbeitete. Seit ich überhaupt nicht mehr arbeitete. Nach einer unerfreulichen Geschichte, in die ich verwickelt gewesen war, hatte ich einige Monate bei meinem alten Freund Bruno Krämer ausgeholfen. Allerlei Bausachen. Wir waren dabei, ein Einfamilienhaus zu renovieren. Da geschah es: Seine Frau, die schöne Rita, verließ ihn, und seine Welt krachte zusammen.

Er erzählte nicht viel darüber, und ich fragte auch nicht viel, wie das eben so ist unter Männern. Dafür half ich ihm beim Austrinken seines Weinkellers. Wir saßen oft und lange bei ihm oder in der Quartierbeiz, tranken und redeten über alles Mögliche, aber nur selten über das, was wirklich los war. Wobei bei mir nicht viel los war, außer dass ich plötzlich umziehen musste.

Rita war auch umgezogen und die Kinder mit ihr. Bruno sah seine beiden goldigen Töchter nur noch jedes zweite Wochenende, was ihm fast das Herz brach. Irgendwann brach er sich auch noch den Fuß und musste die Arbeit einstellen. Da er die Firma war, wurde ich arbeitslos. Er stellte mir aber alle nötigen Zettel aus, damit ich stempeln gehen konnte. Wir mussten ein wenig daran drehen, damit ich zu meinen paar Kröten kam. Das Geld reichte für die Miete, die Krankenkasse und viele Sonderangebote, was wollte man mehr. Seither war die Zeit schnell vergangen, und ich hatte nichts mehr von Bruno gehört.

Ich setzte mich ins Café Memphis, um die Akte zu studieren.

Krämer Bruno, Mord stand darauf. Darin befand sich eine Kopie des Polizeiprotokolls.

Das Opfer war in Regensdorf, zweihundert Meter von seiner Wohnung entfernt, aufgefunden worden. Tatzeit war die Nacht vom fünften auf den sechsten September, ungefähr 23.20 Uhr. Erschlagen mit einem stumpfen Gegenstand. Zeugen gab es keine. Das war nicht gerade viel, eigentlich war es gar nichts. Es folgten noch die Personalien des Opfers, ein paar Angaben zu Bruno und die Zeit seiner Verhaftung. Ich klappte den Deckel der Mappe zu und stützte meinen Kopf in die Hände. Warum zum Teufel wollte Bruno, dass ich der Sache nachging? Vermutlich, weil er es nicht getan hatte.

Er hatte erlebt, wie ich einmal den Mörder eines Freundes gefunden hatte, aber das war doch kein Grund, anzunehmen, dass ich grundsätzlich in der Lage war, Mörder zu finden. Damals war ich persönlich in die Sache verwickelt gewesen und hätte wohl keine Ruhe mehr gehabt, wenn ich den Fall nicht gelöst hätte.

Ich fluchte vor mich hin. Mir wäre das bestimmt nicht

passiert, nicht zu wissen, welche Quizsendung am Abend des Mordes gelaufen war. So ein Blödsinn. *Wetten, dass..?* ist doch ganz etwas anderes als *Die 100'000 Mark Show* oder *Traumhochzeit* oder gar *Benissimo*. Es war *Benissimo* gewesen, ich hatte es in meinem kleinen rachitischen Küchenfernseher gesehen. Die grüne Kugel hatte gewonnen. Eine geschiedene Hausfrau aus Giswil hatte eine Million gewonnen und geweint vor Freude, das wusste man doch einfach. Ich fluchte erneut, aber es half nichts. Was blieb mir übrig, als mich zusammenzunehmen und zu tun, was einer, der etwas herausfinden will, halt so tut.

Ich ging über die Badenerstraße zur *Tages-Anzeiger*-Zentrale und ließ mir die Ausgaben seit Montag geben. Eigentlich wollte ich sie bei einem Bier durchlesen, entschied mich dann aber anders und ging nach Hause. Mit einem Kaffee setzte ich mich an den Küchentisch. Ich erinnerte mich, in der NZZ etwas gelesen zu haben, eine einspaltige Notiz, die ich nicht weiter beachtet hatte.

Auch im *Tages-Anzeiger* stand nicht viel mehr unten rechts auf der ersten Seite Region-Zürich. Ein Toter, vermutlich ein Gewaltdelikt, die Polizei bittet allfällige Zeugen um Mithilfe und so weiter und so fort. Am Dienstag war bereits die Todesanzeige erschienen. *Aus dem Leben gerissen*, *unfassbar* und solche Sachen. Unterschrieben von den Verwandten des Verstorbenen. Ritas Name stand nicht darunter. Die Beerdigung war heute, Donnerstag, um 14.30 Uhr. Ich fluchte schon wieder.

Erstens war das schon in zwei Stunden und zweitens genau dann, wenn ich stempeln gehen musste. Rasch blätterte ich auch die Mittwochsausgabe durch. Von der Verhaftung Brunos stand nichts drin, aber weiter hinten gab es noch mal zwei Todesanzeigen. Eine von Rita und eine von den Kollegen der Kantonalbank Regensdorf. Die von

Rita war kurz und ergreifend, die der Bank kurz und trocken.

»Also dann«, dachte ich und trank den Kaffee aus, »gehe ich eben auf die Beerdigung und lasse das Arbeitsamt Arbeitsamt sein.«

Wenn ich schon wieder nicht kam – ich hatte letzten Monat aus reiner Idiotie den Termin vergessen –, musste ich mit Abzügen, eventuell gar mit einem Beratungsgespräch rechnen.

Doch was sein musste, musste sein. Bruno hatte viel für mich getan, jetzt konnte ich mich revanchieren. Ich ging in mein Schlafzimmer und wühlte im Schrank nach passender Kleidung. Da war ja mein schwarzer Leinenanzug, den ich einmal zum stolzen Preis von einundvierzig Franken gekauft hatte, beim Ausverkauf im Jelmoli, als die Lämpchen blinkten und alles nur noch die Hälfte des bereits heruntergesetzten Preises kostete. Seither hing er in meinem Schrank, denn ich war noch nirgendwohin gegangen oder eingeladen worden, wo er angebracht gewesen wäre. Ihn dorthin anzuziehen, wo ich normalerweise hinging, dazu war er mir zu schade. Ich war schon lange auf keiner Beerdigung mehr gewesen, und diese zählte nicht richtig, weil ich den Verstorbenen nicht gekannt hatte.

Ich fand meine schwarzen Halbschuhe, die allerdings enorm abgelatscht waren. Mit Schuhwichse brachte ich sie in annehmbaren Zustand. Das einzige saubere Hemd, eines von dreien, war knallgelb und deshalb irgendwie unpassend. Zudem verfügte ich nur über eine Krawatte, und auf der prangte Spider-Man, also zog ich einen grauen Rollkragenpulli an. Als ich gehen wollte, begann es zu regnen. Ich schnappte mir den Feldschlösschen-Schirm, den mir die netten Frauen im Quartierladen geschenkt hatten, und raste davon. Ich kehrte aber gleich wieder um und suchte die Zeitung wegen der Adresse des Friedhofs. Gütiger Himmel, er wurde in Weiningen beerdigt. Ich fluchte, was sonst, und lief die Lagerstraße entlang zum Hintereingang des Bahnhofs. Es war bereits halb zwei Uhr vorbei, und es gab keinen Zug, der mich innert vernünftiger Frist nach Weiningen gebracht hätte. Es gab genau genommen überhaupt keine Züge nach Weiningen.

Ich kontrollierte mein Portemonnaie, es war nicht viel drin. Also den Perron entlang bis ins Shop-Ville gehetzt, 200 Franken aus dem Postomat gezogen und rauf an den Taxistand. Ich gab knappe Anweisungen und setzte mich auf den Rücksitz. Mir war unterdessen wieder eingefallen, dass die schwarzen Schuhe ein Loch in der Sohle hatten und ich sie darum nie mehr trug. Höchste Zeit, sie ebenfalls zu beerdigen. Gemäß einer Frauenzeitschrift trennten sich Männer niemals von ihren Schuhen, sodass es zu den Pflichten der guten Ehefrau gehörte, die Dinger zu entsorgen, auch wenn der Gatte dann ein paar Tage grollte.

Der Fahrer hielt den Rand, wahrscheinlich, weil ich schwarz gekleidet war und einen Friedhof als Ziel angegeben hatte. Das Taxameter tickte unerbittlich, und ich musste fortlaufend mein ausgewogenes Monatsbudget korrigieren. Auf dem Speiseplan tauchte plötzlich viel Reis auf. Die Fahrt dauerte lange, weil an der Stampfenbachstraße gebaut wurde. Die Suche nach dem evangelischen Friedhof dauerte fast noch länger, weil wir erst den falschen, den katholischen, ansteuerten. Die Begräbnisstätte lag hinter der Kirche, war klein und übersichtlich. Die Trauergemeinde stand schon ums frisch ausgehobene Grab. Der Himmel war grau, es fing zu nieseln an, richtiges Beerdigungswetter. Mein linker Fuß war nass, und ich fror. Es waren ziemlich viele Leute da, ein kleines Meer von Schirmen. Ich näherte mich unauffällig, nickte unbestimmt und betroffen in die Runde, sodass alle dachten, die anderen würden mich kennen. Dort war wohl die Bänklerfraktion: Wollmäntel, dunkle Anzüge, teures Schuhwerk, Brillen mit Goldrand. Die braun gebrannten Männer mit den kantigen Kinnen kamen vielleicht vom Sportverein. Das graue, ältere Volk, bieder und unauffällig, war wahrscheinlich die Familie. Zivilpolizei war keine da, oder ich erkannte sie nicht. Den ersten Kranz schickt immer der Mörder, dachte ich. Bei der Mafia zumindest sei es so, hatte ich einmal gelesen. Es waren vier Kränze da, aber ich war nicht nahe genug, um die Bandaufschriften zu lesen. Außerdem wusste ich ja nicht, in welcher Reihenfolge sie angekommen waren.

Dann endlich sah ich Rita. Sie stand alleine und wie versteinert neben dem Grab. Ihre Kinder waren nicht da.

Der Pfarrer begann zu reden, eine kurze Ansprache, ein Gebet, der übliche Zinnober. Der Sarg wurde mit Hilfe eines Bändermechanismus langsam in die Grube gelassen, niemand weinte. Der Pfarrer bat die Gemeinde zur Abdankung in die Kirche. Ein Zug formierte sich, am Grab und an der reglosen Rita vorbei, während die Totengräber die Erde hineinwarfen.

Ich wartete, bis alle fort waren, und ging zu ihr hin.

»Rita …«

Sie schreckte auf, sah mich erstaunt an und warf sich an meine Brust. Sie weinte, sie schluchzte, sie brach zusammen. Ich hielt sie fest und wartete, bis es vorbeiging. Es ging aber nicht vorbei. Ich hatte meine Arme um sie gelegt und hielt auch noch den dummen Schirm, sodass mein rechter Arm beinahe dabei abbrach. Außerdem stand ich mit dem kaputten Schuh in einer Pfütze. Es war sehr ungemütlich, abgesehen davon, dass es mir schwer an die Nieren ging.

»Komm«, sagte ich leise, »lass uns gehen.«

Sie reagierte nicht, wir standen weiter da, und ich versuchte, sie zu beruhigen. Sie tat mir unendlich leid, und ich war nahe dran, auch zu heulen, obwohl ich eigentlich keinen Grund dazu hatte.

Ich ging langsam los, schaffte es, sie aus dem Friedhof hinauszulotsen, und wusste nicht weiter. Da stand ja noch das Taxi, mit dem ich gekommen war. So ein Hund, der witterte fette Beute. Was blieb mir anderes übrig, als einzusteigen und wieder zurückzufahren. Ich nannte meine Adresse, denn Rita war noch immer nicht ansprechbar.

»Ach Jakob«, schluchzte sie hin und wieder, und ich wiegte sie in meinen Armen, schließlich weinte sie nur noch leise.

Wir kamen vor meinem Haus an, ich entlöhnte den Taxifahrer und war beträchtlich ärmer als vorher. Nun ja, es hätte auch der Zahnarzt sein können, dachte ich. Das wäre noch teurer und unangenehmer gewesen.

Ich fuhr mit Rita in meine Wohnung hinauf. Im Lift wurde mir bewusst, dass dort oben ein Gästen keineswegs zumutbarer Zustand herrschte. Aber jetzt war es zu spät, sich darüber Sorgen zu machen.

Ich half Rita, die Jacke auszuziehen. Sie trug ein langes, schwarzes Wollkleid und eine dünne Jacke. Um den Kopf hatte sie ein Tuch gewickelt, alles war durch und durch nass.

»Willst du nicht etwas Trockenes anziehen?«, fragte ich, um etwas zu sagen und weil ich mir Sorgen machte, dass sie sich erkälten würde. Sie nickte, und ich ging ins Schlafzimmer, kramte ein Frotteetuch, ein paar Trainerhosen und einen Kapuzenpulli hervor. Mein schöner Anzug war auch nicht trocken geblieben, die Ärmel und die Hosenbeine vom Knie an abwärts waren durchgeweicht.

Ich zog mich im Gang um. Vor allem drängte es mich, aus den vermaledeiten Schuhen zu kommen. Meine Waden waren schwarz, der gute Anzug färbte ab, die Tücke eines Ausverkaufsschnäppchens. In der Küche braute ich einen stärkenden Kräutertee. Im Frühling hatte ich mir eine große Kollektion zugelegt, als der Quartierladen die Tees zum halben Preis anbot. Hustentee, Wintertee, Wärmetee, die ganze Palette wohlschmeckender, aber sündhaft teurer Mischungen aus handgehätschelten, sonnenverwöhnten Pflänzchen. So stand es zumindest auf den Packungen.

In unseren klimatischen Zonen tut man gut daran, viel feinen Tee im Haus zu haben. Dann kann einem fast nichts mehr zustoßen, außer so Katastrophen wie die, in die ich gerade geraten war.

Als ich den Tee eingoss, kam Rita in die Küche. Mein Gott, sah sie mitgenommen aus. Sie war eine zierliche, feingliedrige Frau, aber sehr vital, energisch fast. Unterdessen war sie wohl dreißig Jahre alt, sah jedoch jünger aus und hatte etwas Mädchenhaftes, Unberührtes. Jedenfalls war sie das hübscheste und archetypischste Hippiemädchen gewesen, das ich je gesehen hatte. Ihre langen, blonden Haare waren meist zu einem Zopf zusammengebunden gewesen. Unterdessen waren die Haare kürzer und rötlich getönt. Wahrscheinlich hatte sie die Frisur gewechselt, als sie ihr Leben geändert hatte. Ein immer wieder zu beobachtender Vorgang. Das mit dem Alten-Zopf-Abschneiden kam ja nicht von ungefähr.

Ihre Augen waren wasserblau und leuchteten. Früher verliebten sich alle sofort in sie, ich auch. Natürlich nicht so, dass sie es gemerkt hätte. Es war auch nicht wichtig, Jugend halt. Es war das Alter, in dem man sich in alles, was halbwegs weiblich und nett ist, verliebt und nie ankommt, immer verzweifelter wird, immer mehr trinkt und darum erst recht nie eine Chance hat. Bei mir war es jedenfalls so gewesen, vor langer Zeit.

Rita war gerade zwanzig Jahre alt, als sie Bruno heiratete. Irgendwann kam die erste Tochter. Ich hatte die junge Familie aus den Augen verloren und erst viel später wieder getroffen. Mit Rita war ich nicht eigentlich befreundet gewesen. Man kannte sich von früher, und sie war die Frau eines Freundes.

»Geht es wieder?«, fragte ich blöd, und sie nickte, ihre Augen waren rot vom Weinen. Ich suchte zwei Tassen, holte Honig und Zitrone und den Medizinalwhisky, den ich im Putzschrank aufbewahrte, um ihn vor mir und meinen Besuchern zu schützen. So bereitete ich zwei stärkende Getränke und reichte Rita die schönere der beiden Tassen, meine Lieblingstasse. Nicht dass es ihr etwas nützte, aber trotzdem.

Sie saß mit hängendem Kopf vor ihrem Tee, blies ratlos hinein. Ich fasste sie an der Schulter, sie war wirklich nur noch ein Häufchen Elend. Wenn ich es mir recht überlegte, hatte sie auch allen Grund dazu.

»Es ist alles so schrecklich«, sagte Rita endlich, und ich nickte. Dann sprudelte es aus ihr heraus. Dass die Familie von Werner ihr die Schuld gab an dem Unglück, wie sie es nannte, und sie selber nicht wüsste, ob es stimmte.

Aber sie hätten sie vorher schon abgelehnt, zu schlecht für ihren Sohn, eine Verheiratete mit zwei Gofen, die einfach den Mann sitzen lässt, das ging nicht. Werners Eltern waren Bauern, hatten einen Hof draußen in Weiningen. Sie waren offenbar sehr religiös.

»Dass Werner tot ist, ist schlimm genug. Aber dass Bruno es getan hat, das zerreißt mich. Und die Kinder …« Sie brach wieder in heftiges Schluchzen aus.

»Er behauptet, dass er es nicht war«, sagte ich, aber sie weinte nur und weinte.

»Denkst du auch, dass ich an allem schuld bin?«

»Unsinn«, sagte ich fest. »Schuld ist der, der Werner erschlagen hat. Ich weiß zwar nicht, wer es war, aber Bruno hat es auf jeden Fall nicht getan. Ich werde das beweisen.« Große Worte ohne jeglichen Hintergrund, aber sie wirkten, sie lächelte ein wenig.

»Ach Jakob«, seufzte sie. »Kann ich heute bei dir bleiben, ich mag nicht nach Hause oder zu meinen Eltern. Die Kinder sind bei ihnen, es ist alles so …«

»Aber sicher«, sagte ich schnell. »Ich hole uns was zu essen, und dann können wir über alles reden.«

Sie lächelte, hielt meine Hand und lehnte sich an meine Schulter.

»Ich muss meine Mutter anrufen«, seufzte sie, und ich zeigte ihr das Telefon.

»Ich geh unterdessen einkaufen«, rief ich, zog eine Windjacke an und schlüpfte in die Turnschuhe. Es war schon fünf vor halb sieben, also ging ich zum Chinesen. Mir war schon etwas schwindlig vom Whisky, aber der Spaziergang erfrischte mich wieder. Es gab natürlich Reis, nicht billig, sondern mit guten Zutaten versehen. Auf dem Rückweg überkam mich die Lust nach Wein, und ich versuchte es im Quartierladen. Tatsächlich war noch jemand da und ließ mich herein. Ich nahm zwei Flaschen vom Guten und durfte anschreiben. Meine Barschaft war zu Ende gegangen.

»Komm aber morgen mit dem Geld vorbei«, mahnte mich die nette Frau, und ich versprach es. Anscheinend gab es in dem Laden noch einen cholerischen Chef, der zwar nie zu sehen war, jedoch zu Wutausbrüchen neigte, wenn er von leichtsinniger Kreditgewährung erfuhr.

Ich würde morgen schon wieder zum Postomat eilen und meine eiserne Reserve anzapfen müssen.

»Zum Teufel mit der Rechnerei. Hier geht es um das Leben meiner Freunde!«, knurrte ich grimmig. Das klang gut. Heldenhaft und edel, ganz der selbstlose Ritter. Ich verdrängte den Gedanken, dass ich nicht den Hauch einer Ahnung hatte, wie diese Hilfe aussehen könnte. Um ehrlich zu sein, war ich mir nicht mal sicher, ob Bruno es nicht doch getan hatte. Vielleicht war er ja besoffen gewesen und erinnerte sich nicht mehr. Vielleicht versuchte er, sich selber einzureden, dass er es nicht gewesen war. Es wäre verdammt wichtig gewesen, mit ihm zu sprechen, aber das lag wohl nicht drin. Deswegen musste ich von Rita möglichst viel erfahren.

Als ich in die Wohnung kam, wusch sie die Tassen ab. Ich merkte erst jetzt, dass auf dem Pulli, den ich ihr gegeben hatte, hinten zwei sich umarmende Skelette abgebildet waren. Zum Glück sah sie die nicht.

»Magst du chinesisches Essen?«, fragte ich, und sie nickte. Ich gab mir alle Mühe, das Fertigmenü einigermaßen schön herzurichten.

»Wie ist die Polizei eigentlich auf Bruno gekommen?«, fragte ich, als auch sie ihre Portion verdrückt hatte. Ich wollte nicht, dass ihr der Appetit vorher verging, sie hatte die Stärkung sicher nötig.

»Ich …« Sie stockte. »Was hätte ich denn sagen sollen?«

Ich wusste es nicht, schaute sie aber so unterstützend wie möglich an.

»Es war ein Schock, als die Polizei kam. Sie fragten mich, wer es gewesen sein könnte, und ich habe ohne zu denken Bruno genannt. Er hat sich aber auch wirklich saublöd benommen. Er hat Werner mitten in der Nacht angerufen, wochenlang, das ist sogar aktenkundig, weil Werner

Anzeige erstattet hat, und Bruno als Anrufer identifiziert wurde. Einmal hat er ihm sogar aufgelauert, ganz in der Nähe, wo es passiert ist, aber Bruno war betrunken, und Werner ist leicht mit ihm fertig geworden. Aber Bruno hat immer wieder angefangen. Er hat vor meiner Wohnung randaliert und unter anderem gedroht, Werner und mich umzubringen. Das ganze Haus ist zusammengelaufen, und später hat sich die Verwaltung bei mir beklagt. Nächstes Mal werde mir gekündigt. Meinst du, ich hätte das der Polizei nicht sagen sollen?«

Statt einer Antwort fragte ich sie, wo sie Werner denn kennengelernt hatte.

»Im Fitnesscenter in Regensdorf«, antwortete sie. »Ich gebe da Aerobic-Kurse, und er war Member dort.«

»Du gibst Fitness-Kurse?« Ich war erstaunt, sie hatte nie davon erzählt. Aber ich hatte auch meist nur mit Bruno geredet, wenn ich bei ihnen zu Hause war.

»Ja, schon seit ein paar Jahren. Ich wollte nicht nur zu Hause herumhocken, das liegt mir nicht. Na ja, dort hat es angefangen, vor mehr als zwei Jahren. Irgendwann hat es gefunkt. Erst war es ein Flirt, dann eine Affäre und schließlich Liebe.« Sie schüttelte den Kopf.

»So lange ging das schon?«

»Ja, erst dachte ich, das ist nichts. Ein Seitensprung, das kann in zehn Jahren Ehe schon mal vorkommen. Er war so anders als Bruno, und irgendwann verliebte ich mich. Er hat mich für voll genommen, mich für das geliebt, was ich war. Bruno sah mich nur noch als Funktionserfüllerin, als Mutter seiner Kinder, als Teil seines Lebens, der einfach da war. Er ist irgendwie kalt geworden.«

Ich schwieg. Ich hatte sie immer für das absolut glückliche Ehepaar und Bruno für den fürsorglichen Ehemann gehalten, der seine Frau über alles liebt. Oh, Abgründe des

Familienlebens. Was nützt es, jemanden auf seine Art zu lieben, und der andere merkt es gar nicht oder leidet sogar darunter?

»Vor etwa einem Jahr hat es mir dann ausgehängt, und ich bin zu Hause ausgezogen. Nach Affoltern hinaus, in die Nähe von Werner.« Sie seufzte und nahm einen Schluck Wein.

»Er hat in Regensdorf Land gekauft und wollte dort ein Haus bauen. Im Frühling sollte es fertig sein, und wir wollten zusammenziehen. Er wollte von Anfang an, dass ich zu ihm ziehe. Aber ich wollte nicht, vor allem wegen der Kinder, die mussten sich ja erst an die neue Situation gewöhnen. Noch gehen sie in Oerlikon zur Schule, weil sie bei Bruno angemeldet sind, ich muss sie immer fahren, es ist alles schon so kompliziert ...« Rita blickte ins Leere.

Ich nickte, obwohl ich nie verstanden hatte, wie man es auf sich nehmen konnte, Kinder durch das Leben zu führen. Für meinen Teil war ich mit meiner eigenen Person vollauf bedient, ja sogar leicht überfordert.

Wir redeten noch lange über das Leben, wie beschissen es zuweilen war, und über die Liebe, die so oft unfassbare und trügerische Gestalt annehmen konnte.

Sie versuchte, etwas über mein Liebesleben in Erfahrung zu bringen, aber ich blieb vage. So vage wie mein Liebesleben auch war.

Schließlich wurde sie müde und ging duschen. Ich ging, um das Bett frisch zu beziehen.

Wir legten uns hin, Rita gab mir einen Kuss und hielt sich an mir fest. Sie weinte sich in den Schlaf, und ich schaute ins Dunkel. Lange Zeit konnte ich nicht einschlafen. Erstens, weil sich düstere Gedanken in meinem Schädel jagten, zweitens, weil ich mich nicht getraute, mich zu bewegen. Ritas Körper war weich, leicht und warm. Unangebrachterweise dachte ich, dass ich durchaus auch bei fröhlicherer Gelegenheit gerne mit ihr im Bett läge.

Endlich döste ich weg, nachdem ich meinen rechten Arm, der endgültig abzusterben drohte, befreit und mich auf die Seite gedreht hatte. Ich träumte schreckliche Sachen.

Am Morgen hörte ich, wie Rita aufstand. Es war eben sieben Uhr geworden. Wahrscheinlich war sie es so gewohnt. Unter Ächzen kroch ich ebenfalls aus dem Bett. Frühaufstehen ist nicht meine Sache. Weil ich dann nicht zur Konversation fähig bin und es mich überfordert, wenn jemand in meiner Küche hantiert, ging ich frische Gipfel und Milch holen.

Es war matt grau draußen, kühl und bewölkt. Im Hausgang schnappte ich mir mein schönes Rennvelo. Ein Vorteil, wenn man an dieser Ecke wohnte. Hin und wieder vergaß ein Junkie sein erbeutetes Vehikel, und man brauchte es nur ins Trockene zu bringen. Der Weg zum Bäcker war nicht weit, aber ich hatte keine Lust, zu Fuß zu gehen. Ich machte einen kleinen Umweg, um ein wenig aufzuwachen.

Eigentlich war die Stadt ganz schön so früh am Tag. Sanft irgendwie. Die Leute waren noch nicht voll bei Kräften, und so ließ man sich weitgehend in Ruhe. Ich kaufte drei verschiedene Sorten Gipfel, weil ich mich nicht entscheiden konnte, welche wohl die besten waren. Der kleine Ausflug hatte mich so weit geweckt, dass ich mich in meine Küche wagte. Rita hatte Kaffee gekocht, saß am Küchentisch und blätterte in einer alten Nummer der Wartezimmerpostille *Schweizer Illustrierte*, die zu meiner Schande herumgelegen hatte.

»Hier Gipfel! Jede Menge!«, schaffte ich zu sagen und versuchte, optimistisch zu wirken.

»Ich muss gleich weiter zu meiner Mutter. Sie macht sich sicher schon Sorgen. Und ich habe noch so viel zu tun.«

Rita schüttelte den Kopf und schenkte mir einen Kaffee ein. Sie schlüpfte aus der Küche in den Gang hinaus, wo sie Jacke und Schuhe anzog. Ich stand mit der Tasse in der Hand zwischen Tisch und Herd.

»Danke, du hast mir sehr geholfen.« Sie kam zu mir, hielt meine Hand fest, und ihre Augen wurden feucht. Meine auch. »Ich wäre froh, wenn Bruno es nicht gewesen ist«, sagte sie, und einen Moment sah es so aus, als käme ihr alles noch mal hoch. Aber sie riss sich zusammen und lächelte.

»Ich auch«, sagte ich schließlich, aber da war sie schon weg. Ich blieb mit einem Milchkaffee und sechs Gipfeln zurück. Ich aß einen Buttergipfel mit Honig sowie einen Laugengipfel mit Butter und überlegte, was ich jetzt tun sollte.

Das Einzige, was mir einfiel, war das Arbeitsamt, und das hatte nichts mit dem Fall zu tun. Mein Betreuer, der originellerweise Frischknecht hieß, wollte mich dringend weitervermitteln. Frisch zu knechten war seine Berufung. Ich war erst fünfunddreißig Jahre alt, Schweizer und ziemlich gesund. Es würde sich doch etwas für mich finden, meinte er. Mir war es eigentlich egal. Ich riss mich nicht darum, wieder zu arbeiten, aber ich wollte es auch nicht unbedingt vermeiden. Das halbe Jahr, in dem ich nichts getan hatte, war so rasend dahingeflogen, dass es geradezu beängstigend war. Die Leute, die viel arbeiten, klagen immer, dass die Zeit so schnell vergeht. Wenn man nichts tut, vergeht sie aber paradoxerweise genauso schnell, wenn nicht noch schneller. Man geht einkaufen und hat dann das Gefühl, man habe heute schon wieder eine große und wichtige Aufgabe erledigt. Wenn man arbeitet, nimmt man denselben Vorgang nicht einmal richtig wahr. Ich hatte die Zeit weder zum Training noch zur Weiterbildung genutzt, wie ich mir vorgenommen hatte. Ich hatte viel gelesen, alles, was mir in die Hände fiel. Auf dem Flohmarkt und in den Ramschläden gab es immer ein paar Klassiker oder Bestseller vom vorletzten Jahr. So war ich unter anderem in den Besitz von Werken von Gotthelf, Lenin, Udo Jürgens und Stephan Schmidheiny gelangt, ohne je mehr als zwei Franken auszugeben. Hauptsächlich aber hatte ich geschlafen, herumgelegen, vor mich hin gesummt, getrunken und geredet.

Der *Blick* prügelte immer wieder mal auf die falschen Arbeitslosen ein, und ich schämte mich dann ein wenig. Gut, ich bekam nur gerade 2200 Franken im Monat, je nach Monat ein bisschen mehr oder weniger. Dann erinnerte ich mich jeweils, wie ich vor vielen Jahren beim Kongresshausumbau beschäftigt gewesen war, der die Steuerzahler einige Millionen und den zuständigen Stadtrat den Kopf gekostet hatte. Damals herrschte ein solches Chaos auf der Großbaustelle, dass wir unglaublich viel Bier tranken, herumspazierten und nutzlose Scheintätigkeiten ausführten. So was galt dann als Arbeit und nicht als Parasitentum.

Da ich für eine Sechzig-Prozent-Stelle stempelte, und diese auf dem Bau selten waren, hatte ich bis jetzt Ruhe gehabt. Aber Frischknecht wollte mich loswerden. Ich war überzeugt, dass es viele gab, die eine Stelle suchten, aber keine fanden und deshalb todunglücklich waren. Aber ausgerechnet mir wollte man Arbeit geben. Sinniger wäre es doch, wenn die Arbeitslosenquote einfach berechnet würde: Sie beträgt zum Beispiel vier Prozent, wer arbeitslos sein will, soll sich melden und nichts mehr tun. Es ist, wie gesagt, keine einfache Aufgabe. Die meisten Kontakte, die ganze Anerkennung und Identität laufen doch über den Job. Man muss also ziemlich asozial und ohne Ambitionen sein, will man ein guter Arbeitsloser werden. Eigentlich war ich dazu bestens qualifiziert, aber das wollte Frischknecht nicht einsehen. Ich fiel keiner Familie auf die Nerven, wenn ich den ganzen Tag zu Hause herumlungerte, ich stürzte nicht in Depressionen, arbeitete nicht schwarz nebenher, fiel keinen Süchten zum Opfer oder nur solchen, für die das Arbeitslosengeld reichte. Nun, wir hatten eben verschiedene Ansichten über die Arbeitslosigkeit, Herr Frischknecht und ich. Und meine Meinung war nicht gefragt.

So fuhr ich nicht eben zuversichtlich zum Arbeitsamt, das jetzt Regionale Arbeitsvermittlung oder RAV hieß und in einem beeindruckenden Neubau aus roten Ziegeln untergebracht war. Durch den imposanten Eingang gelangte ich ins Foyer. Vor beiden Liften warteten Leute. Zu Fuß ging ich in den dritten Stock hinauf und klopfte an die Tür des Büros mit der Nummer 303. Das *Bitte-Eintreten-*Lämpchen leuchtete auf.

Herr Frischknecht saß an seinem kleinen Schreibtisch, der wie ein Empfangspult vorne im Raum stand. Hinten hatte er zwei weitere Schreibtische zu einem L zusammengeschoben. Über den Bildschirm seines Computers flimmerten meist irgendwelche Fische, Vögel oder ein anderes Schonerprogramm. Trotzdem tat Herr Frischknecht immer so, als ob man ihn bei einer wichtigen Sache gestört hätte. Er war vierzig Jahre alt, dünn und drahtig wie ein Langstreckenläufer. Seine dunkelbraunen Haare waren sauber gescheitelt, er war gebräunt, obwohl er während des Sommers hier gewesen war. An der Wand hing eine Karte der Philippinen, vielleicht kam seine Frau von da, oder vielleicht zog es ihn im Winter dorthin. Ich wollte ihm keine niedrigen Beweggründe unterstellen, obwohl ich sie ihm durchaus zutraute. Ich konnte ihn mir gut vorstellen, von blutjungen Knaben oder Mädchen umgeben vor seiner Hütte zu sitzen und das Gefühl zu haben, er tue ihnen ja etwas Gutes.

War vielleicht nicht fair von mir. Möglich war ja auch, dass er dort einfach herumsaß und tiefsinnige Gespräche führte, wie die Leute doch fröhlich seien, obwohl sie nichts hätten, und wie die Schweizer alles hätten und trotzdem nicht richtig leben würden und solche Sachen. Was Drittweltreisende halt so daherreden.

»Guten Tag«, sagte ich, »ich habe gestern meinen Termin verpasst.«

»Ja, wieso denn?« Er sah mich ärgerlich an. Das Fröhlichsein hatte er offenbar an seine bunten Ethno-Hemden delegiert, die er immer trug, obwohl sie ihm überhaupt nicht standen.

»Ich habe den Tag verwechselt. Ich dachte, der Termin sei heute um zwei. Als ich genau schaute, sah ich, dass es ja schon gestern war. Da bin ich gleich gekommen.«

»Aber das geht nicht, Sie müssen sich schon an die vorgeschriebenen Zeiten halten.« Frischknecht klopfte mit dem Bleistift auf die Schreibunterlage.

»Ja«, sagte ich und streckte ihm meine Karte entgegen.

Er nahm sie und machte seinen Stempel drauf. »Wir müssen Ihnen den gestrigen Tag abziehen.«

Das hatte er aber schön gesagt: Wir müssen. Natürlich konnte weder von »wir« noch von »müssen« die Rede sein. Er, der die mit Lohnprozenten geäufnete Kasse ein Vielfaches von mir kostete, wollte, konnte und tat deshalb. Aus reiner Niedertracht.

»Wenn Sie meinen«, erwiderte ich freundlich.

Er schaute mich schräg an. Wahrscheinlich hatte er mit Rechtfertigung, Anschuldigung, Zeter und Mordio gerechnet. Aber ich hatte mir vor langer Zeit abgewöhnt, mit Menschen zu diskutieren, die am längeren Hebel saßen.

Es blieb einem nur übrig, ihnen dabei so wenig Spaß wie möglich zu lassen. Ich wollte nur seinen Stempel, der Rest ging mich nichts an und ihn auch nicht. Frischknecht gab sich aber noch nicht zufrieden.

»Am besten, wir vereinbaren einen Termin für ein Beratungsgespräch.«

»Wenn Sie meinen.« Ich wusste, was das hieß. Er würde an seinem Computer hantieren und mir hernach ein paar Jobs herunterbeten, die ich haben konnte. Ich würde sagen, gut, wenn es eine Sechzig-Prozent-Stelle ist, was es aber nie war. Er würde herumstänkern, und ich würde wieder gehen.

»Nächsten Mittwoch, 17. September, neun Uhr. Ich schicke Ihnen dann noch eine Bestätigung.«

»Ist gut.« Einen Arbeitslosen brauchte man ja nicht zu fragen, ob ihm das passte. Er hatte ja nichts anderes zu tun. »Dann bis Mittwoch«, verabschiedete ich mich und verließ schlecht gelaunt das Gebäude.

2

Die Vorstellung, Leuten wie Frischknecht und ihren Launen ausgeliefert zu sein, jagte mir einen Schauer über den Rücken. Ich konnte mir jederzeit, wenn es mir zu bunt wurde, einen Job suchen. Andere hatten diese Möglichkeit nicht. Schon gar nicht in Ländern, in denen die gesamte Verwaltung in Händen der Schreibtischsadisten lag, die zu rekrutieren anscheinend nirgendwo auf der Welt ein Problem darstellte. Kein Wunder, wollten so viele weg von dort, wo sie waren. Weg von dort, wo die Frischknechts mit ihren Stempeln einem das Leben zur Hölle machen konnten, wenn ihnen der Sinn danach stand oder der Kaffee morgens nicht geschmeckt hatte. Am Limmatplatz zog ich wieder zweihundert Franken aus dem Postomat und fuhr zügig die Langstraße hoch, ich wollte im Quartierladen meine Schulden begleichen. Vor der Unterführung rief jemand meinen Namen. Ich zögerte zuerst, bremste aber und sah mich um. Auf der Bank hinter dem hässlichen Brunnen saß der Wiener, flankiert von zwei zwielichtigen Gestalten. Ich wusste nicht, warum man ihn den Wiener nannte, denn er war gar keiner, nicht mal ein Österreicher. Wir kannten uns seit Urzeiten, aus jenen Tagen, da die Punks innerhalb der Jugendbewegung eine misstrauisch beäugte Minderheit dargestellt hatten. Der Wiener trug noch immer die schweren Fallschirmspringerstiefel, die man vor dem Import der Doc Martens trug, dazu Bundeswehrhosen und eine Lederjacke. Die Haare hatte er anscheinend vor zwei

Monaten mal blond gefärbt gehabt, jetzt sahen sie wie verbrannt aus. Er selber glich einem verlumpten Söldner, einem, der den Krieg verloren und nicht mehr nach Hause gefunden hatte.

Der Wiener hatte immer wieder mal für Bruno gearbeitet. Eine Zeit lang war er fleißig und unermüdlich, bis er dann abstürzte und zu nichts mehr zu gebrauchen war.

Jetzt stand er auf, kam auf mich zu und hieb mir auf die Schulter. Der säuerliche Geruch von Alkohol stieg mir in die Nase.

»Köbi, lange nicht gesehen«, freute er sich, und in seinen Augen blitzte etwas auf, eine Eingebung. Diese nämlich: »Komm, nehmen wir eins zusammen.« Ich wollte Nein sagen, sagte aber Ja, weil ich wissen wollte, was er zu der Bruno-Tragödie meinte. Wir gingen in die Kyburg. Außer zwei alten Männern waren wir die einzigen in der düsteren Kneipe.

»Zahl mir eins, bin grad stier.«

Ich nickte, und er bestellte, ehe ich protestieren konnte, zwei Große.

»Hast du es schon gehört, die Sache mit Bruno?«, fragte ich. Er schaute zur Seite. Wahrscheinlich hatten sie wieder einmal Streit gehabt, und er wurde nicht gerne an Bruno erinnert.

»Das mit dem Mord am Neuen von Rita. Bruno sitzt.«

Der Wiener drehte den Kopf und sah mich entsetzt an. Zum Glück kam das Bier, von dem er gierig trank. Ich nutzte die Gelegenheit und erzählte ihm die Geschichte oder das, was ich davon wusste. Er schüttelte angewidert den Kopf, grunzte und musste noch ein Großes haben. Ich wollte einen Kaffee und ein Mineralwasser, bestellte aber eine Stange. Das Große hatte ich automatisch während des Erzählens getrunken.

Der Wiener sah mich mit dem starren, entschlossenen Blick des Trunkenen an.

»Niemals«, sagte er laut.

»Warum bist du dir da so sicher?«

»Ich weiß das. Mir ist ja dasselbe passiert.« Er sah mir in die Augen. »Nur, auf eine Art umgekehrt.« Der Humpen setzte mit einem Knall auf dem Bierdeckel auf. Die beiden Alten schauten herüber. Ich schüttelte den Kopf und drehte meine Stange in der Hand.

»Versteh ich nicht, wie denn?«

»Na ja, alles weg und so! Familie futsch! Nur kam bei mir zuerst der Absturz, dann ist die Frau gegangen.« Er trank. »Ich darf meine Kinder nicht mehr sehen, erst wenn ich mich wieder gefestigt habe, wie das heißt.«

Ich staunte. »Du hast Kinder?«

»Ja, zwei Söhne.« Der Wiener klaubte ein abgewetztes, gelbes Portemonnaie hervor und zeigte mir zwei Passfotos von einem etwa fünf- und einem etwa dreijährigen Buben. Ich schaute nur flüchtig hin. Ich betrachtete nicht gerne Bilder von Kindern, die ich nicht kannte. Ich betrachtete auch nicht gerne Kinder, die ich nicht kannte. Eigentlich mochte ich Kinder überhaupt nicht besonders. Ich hatte schlechte Erfahrungen mit ihnen gemacht. Als Kind.

»Die Fotos sind schon zwei Jahre alt. Sie wohnen im Thurgau bei der Mutter und ihrem neuen Freund. Er ist jetzt der Vater.«

»Das habe ich nicht gewusst.«

»Fast vier Jahre lang ging alles gut, wir wohnten auf dem Land. Ich habe als Gipser gearbeitet, wir waren eine richtige Familie. Dann hat das wieder angefangen.« Er hob sein Bierglas und trank. Ich staunte noch immer. Ehrlich gesagt hatte ich nicht bemerkt, dass der Wiener einmal für längere Zeit verschwunden war. Aber eben, in Zürich verschwanden die Leute hin und wieder mal. Ins Ausland, ins Elend oder ins Familienglück. Irgendwann waren die meisten wieder da.

»Ich habe damals viel mit Bruno geredet. Ich wollte auch jemanden umbringen, aber er hat mir klar gemacht, dass ich selber schuld war.«

»Bei ihm ist es doch ein bisschen anders«, wandte ich ein.

»Trotzdem!« Er schlug auf den Tisch und sah mich wild an.

»Es hilft nichts, man ist immer selber schuld. Bruno weiß das. Und er weiß auch, dass immer die Kinder zu leiden haben, wenn die Eltern sich bekriegen. Das wollte er immer vermeiden. Aber …«

»Was aber?«

»Bruno hat sich verändert, seit er zu saufen angefangen hat. Er verträgt es ja nicht, er fängt an zu spinnen. Ist den Suff nicht gewohnt, nicht wie wir. Wenn du so spät noch anfängst, macht es dich fertig.«

Er schien verärgert und kippte sich den Rest des Großen hinter die Binde. Ich zog aus Mitgefühl an der Stange, und wir bestellten noch eine Runde.

Eine Weile saßen wir einfach da, schwiegen und tranken. Ich dachte über das nach, was der Wiener gesagt hatte. Bruno liebte seine Kinder über alles, das stimmte. Ob er jedoch die Einsicht hatte, dass es auch sein Fehler war, dass sie nicht mehr bei ihm waren? Wer kann schon der Versuchung widerstehen, einen Schuldigen zu haben für das Elend, in dem man selber steckt? Zudem hatte der Wiener recht, was das Saufen anging. Bruno war ein aufrichtiger, vernünftiger und umgänglicher Mensch gewesen, der sich nie groß betrank. Seit es mit ihm bergab ging, wurde er tatsächlich unberechenbar und aggressiv. Ich konnte mich an eine Schlägerei in einer Quartierbeiz erinnern, die er vom Zaun gebrochen hatte. Am nächsten Tag bereute er dann alles schrecklich und schämte sich. Es passte auch zu dem, was Rita gesagt hatte, dass er herumgetobt und gedroht habe. Das hätte er früher nie getan. Ich fragte mich, wie weit ich Bruno überhaupt noch kannte und einschätzen konnte. Wobei herumtoben und jemanden umbringen doch zwei Paar Schuhe waren.

Der Wiener schien auch über etwas nachzudenken, vielleicht über seine Kinder.

»Noch eins?«, fragte er schließlich. Er war nie ein geschwätziger Mensch gewesen. Ich schüttelte den Kopf. Wenn ich jetzt noch eins nahm, war der Tag dahin.

»Willst du Hasch kaufen?«, fragte er unvermittelt.

»Weiß nicht, ist es gut?« Ich runzelte die Stirn, natürlich hätte ich ganz einfach Nein sagen sollen. Aber das war so eine Sache, das mit dem Neinsagen bei solchen Gelegenheiten. Die Zunge gehorchte dem Hirn nicht immer, vor allem nicht, wenn ein paar Biere im Spiel waren.

»Natürlich ist es gut, was meinst du eigentlich? Kauf mir ein Piece ab, und ich kann mein Bier selber zahlen.«

Ich überschlug die Rechnung und sagte: »Also gut, für dreißig.« Er stand auf und ging zur Toilette. Als er sich wieder setzte, drückte er mir unter dem Tisch ein trockenes Plättchen in die Hand, das ich unbesehen in die Hosentasche steckte.

»Wenn ich irgendetwas tun kann«, begann der Wiener, während ich der Bedienung winkte, um mein Bier zu zahlen und den Hunderter vom Automaten zu wechseln.

»Du kannst dich immer auf mich verlassen. Ich vergesse meine Freunde nicht.« Der Blick des Wieners war glasig, ich reichte ihm einen Zwanziger und einen Zehner vom Wechselgeld.

»Ich nehme noch eins«, sagte er zur Bedienung. »Und ihm auch noch eins.«

Mein Protest half nicht.

»Auf mich kannst du dich verlassen!«, wiederholte er dann, und wir prosteten uns zu. »Ich weiß«, sagte ich und glaubte es sogar. Das Bier hatte mich stark gemacht. Ich war überzeugt, dass ich Bruno retten konnte. Der Wiener kritzelte etwas auf einen Bierdeckel.

»Da, meine Natel-Nummer, ruf mich an, wenn ich etwas tun kann.« Ich nickte und steckte den Deckel ein. Egal, wie heruntergekommen jemand war, für ein Natel schien es immer zu reichen. Und für Kinder. Nur ich hatte weder das eine noch das andere.

Unter vielen Versprechungen und Freundschaftsbeteuerungen gelang es mir, mich loszureißen.

Eigentlich hatte ich ja noch einiges vorgehabt, aber jetzt war mir nicht mehr danach. Zu Hause rauchte ich erst mal einen Joint, und der haute mich so von den Socken, dass ich mich hinlegen musste. Wie geahnt, war der Tag dahin.

3

Am nächsten Morgen erwachte ich früh und mit einem zugepappten Schädel. Der Zeitung entnahm ich, dass es schon wieder Samstag war. Mit Wechselduschen, Früchten und Schwarztee gelang es mir recht bald, einigermaßen klar in den Tag zu schauen. Aber es sah nicht gut aus. Von meiner bierseligen Überzeugung, dass ich den Fall locker lösen würde, war nichts geblieben. Gar nichts.

Ich musste etwas tun, um nicht völlig blöd zu werden. Die alten Ausgaben des *Tages-Anzeigers* lagen noch herum, und ich suchte nach der Todesanzeige von Werner. Es trauerte die Familie Baumann in Weiningen.

Ich notierte mir die Adresse und fuhr mit dem Rennvelo los. Der Morgen war neblig und kühl. Mir gefiel das, es herrschte wenig Verkehr auf den nassen Straßen. Ich versuchte Gas zu geben und keuchte und fluchte. Wo war sie geblieben, meine gute Form? Immerhin machte mich die Anstrengung endgültig wach. Wach genug, um zu merken, dass ich keine Ahnung hatte, wo sich das Haus der Baumanns befand. Nach vielen Fragen, kurz bevor ich aufgeben und in der Dorfpinte auf einen Frühschoppen einkehren wollte, fand ich den Hof dann doch noch. Er lag am Dorfrand, am Hügel gegen Regensdorf hin, ein schönes altes Bauernhaus. Ein langer Einfahrtsweg führte darauf zu. Links war ein Maisfeld, auf der anderen Seite ein paar Apfelbäume. Ein bisschen weiter unten stand eine Reihenhaussiedlung. Der Hof wirkte wie ein Relikt aus vergangenen Zeiten. Wie wenn ihn jemand hier vergessen hätte.

Auf dem Weg hatte ich mir folgende Geschichte zurechtgelegt:

Ich würde erzählen, dass ich Werner von der Schule her kannte, von der Gewerbeschule. Ich vermutete, dass er eine Banklehre gemacht hatte. Ich sei erst vor ein paar Tagen aus dem Ausland heimgekommen und habe erst gestern durch Zufall von dem tragischen Ereignis erfahren und wolle der Familie kondolieren.

Nicht, dass ich hoffte, auf dem Hof etwas Bestimmtes in Erfahrung bringen zu können. Ich wollte mich einfach mal umsehen, herausfinden, wer Werner Baumann war. Das Opfer musste Gestalt annehmen, damit ich nach einem Täter suchen konnte. Ich stellte das Velo vor dem Wohnhaus ab und klopfte an die Tür, weil ich keine Klingel sah. Eine kleine, alte Frau öffnete einen Spalt weit.

»Frau Baumann?«, fragte ich, und sie nickte.

»Mein Name ist …« Ich stockte. Scheiße, nichts überlegt!

»Hugentobler, Walter Hugentobler. Ich bin gekommen, um Ihnen zu kondolieren. Werner war ein Schulkamerad von mir.« Die alte Frau schaute mich ausdruckslos an.

»Ich war lange Zeit im Ausland, erst gestern habe ich von Werners Tod erfahren, sonst wäre ich auf die Beerdigung gekommen.«

»Der Vater ist nicht da«, sagte sie schließlich. »Merci, dass Sie gekommen sind.«

Das hieß wohl, ich konnte jetzt wieder gehen.

»Noch einmal herzliches Beileid.« Ich reichte ihr die Hand. Sie drückte sie kurz und schwach.

»Danke, adieu.« Sie schloss die Tür vor meiner Nase. Ich stand recht verdutzt herum, als ein großer Mann aus dem Stall kam.

»Was wollen Sie hier?«, fragte er barsch. Ich sah zu ihm

auf, er war wirklich groß. Er trug ein blaues Arbeitsgewand, seine Wangen waren gerötet, das Gesicht war rund und weich. Irgendwie sah er aus wie ein riesiges Kind.

»Mein Beileid aussprechen, wegen, äh, Werner, wir waren zusammen in der Lehre, das heißt in der Schule, während der Lehre, ich heiße Hugentobler, übrigens.« Der Große hatte mich aus dem Konzept gebracht. Er ignorierte die Hand, die ich ihm hinstreckte. Ich, der den Leuten nicht gern die Hand gab, schon gar nicht, wenn sie in der Lage waren, sie zu zerquetschen.

»Ah, so bist auch du ein Beutelschneider, ein Gierhals und Wucherer. Aber der Herr sagt: Sie ist eine Todsünde, die Gier! Ihr habt einen Markt gemacht aus dem Hause des Herrn, und hinwegfegen will ich euch.« Dabei kam mir der Riese bedrohlich nah. »Aber hier geht das nicht mehr. Die Quell ist versiegt, es ist besser, den kranken Arm abzuhauen, als dass der ganze Körper verdorben werde.«

Ich wich zurück, versuchte, mich ohne Hast meinem Fahrrad zu nähern.

»Sie ist gefallen, Babylon die Große ist eine Behausung der Teufel geworden, und die Kaufleute auf Erden sind reich geworden von ihrer Üppigkeit. Wie viel sie sich herrlich gemacht und ihren Übermut getrieben hat, so viel schenkt ihr Qual und Leid ein! In einer Stunde wird verwüstet aller Reichtum ...«

»Da haben Sie vollkommen recht. Das denke ich auch.« Ich lächelte nett und verständig.

»Nein, hierher kommt ihr nicht mehr. Hinweg mit dem Gesindel, das dem Herrn lästert und den Menschen verdirbt.«

»Wie Sie meinen!« Ich war bis zu meinem Velo zurückgewichen, nahm es von der Wand weg und schwang mich drauf.

»Also dann, schönen Tag noch«, nickte ich dem Monster zu und fuhr an ihm vorbei die Einfahrt hinunter. Zur Sicherheit schaute ich noch einmal über die Schulter, ob er mir keine Heugabel nachschmiss. Das Riesenbaby aber stand einfach da, die Arme in die Seiten gestützt. Ich trat in die Pedale und fuhr den ganzen Weg, als ob man hinter mir her wäre. Erst am Limmatplatz verlangsamte ich das Tempo. Ich schwitzte.

Himmel und Hölle, was war denn das gewesen? Wer war dieser Berg von einem Menschen, dieses Sprachrohr des Herrn? Redete er im Wahn? Oder wollte er mir etwas sagen? Aber was? Ich fuhr durch die Unterführung und stellte mein Fahrrad ab. Es war warm geworden unterdessen, die Wolken hatten sich verzogen.

4

Die Langstraße summte. Sie kam langsam wieder in Mode, die Sündenmeile. Secondhand- und Plattenläden hatten sich niedergelassen, Boutiquen und Hanfläden, sodass sich für jeden etwas fand. Die Quartierbewohner erledigten ihre Samstagnachmittagseinkäufe, das Viertel war ein kulinarisches Weltdorf. Essenstechnisch gab es im Umkreis von vielleicht 500 Metern nichts, was es nicht gab. So gingen die Kariben ihre scharfen Gewürze im Thailaden holen, die Schwarzen ihren Fisch beim italienischen Metzger, die Tamilen den billigen Schnaps im Denner. Im Euro-Coop standen sich mindestens drei Kontinente auf den Füßen, und die Schweizer eilten vom Inder zum Spanier oder zum internationalen Wein- und Bierhändler. Manchmal kauften sie sich Gewürze und Zutaten, die einfach schön aussahen, ohne eine Ahnung zu haben, wozu sie verwendet werden konnten.

Es wurde ausgiebig flaniert und auf dem Weg zum Kanzleiflohmarkt oder Wengihof-Migros stehen geblieben, man traf Bekannte und Nachbarn, Freunde und Verlorengeglaubte, und zusammen trug man zum Verkehrschaos bei. Die Autos rollten gemächlich herunter, die Velos, Skateboards, Trottinetts und Seifenkisten ratterten und schepperten die Einbahnstraße hoch. Hier und da wurde angehalten und in Gruppen das Trottoir und die Straße blockiert, bis dann der wütende 32er Bus herangewalzt kam und die Versammlung hupend auflöste. Die Freier waren noch mit ihren Familien im Einkaufszentrum an der

Autobahn, die Prostituierten machten Besorgungen, außer jenen, von denen man nicht wusste, ob oder wann sie schliefen, da sie praktisch zu jeder Tages- und Nachtzeit an den einschlägigen Ecken standen. Die Nachtkrakeeler waren noch nüchtern. Die Menschen waren für ein paar Stunden freundlich und fröhlich, es konnte richtig schön sein hier. An so einem warmen Samstagnachmittag gab es zwischen eins und vier fast keinen besseren Ort auf der Welt, dachte ich, von einer sanften Euphorie ergriffen. Mir fielen Samstage ein, an denen man um halb zwei kurz »einen Kaffee« trinken ging ins Volkshaus, dann bis um Mitternacht sitzen blieb mit immer neuen Trinkgenossen, um nach einem Ausflug über zwei vor der Abrissparty in der Kaserne wartenden Porsches, morgens um vier in einem benachbarten Restaurant mitsamt der Zierpalme auf die Bühne zu kippen und zu wissen, dass es mit der Schönen, mit der man sich so blendend verstanden hatte, wohl nichts mehr werden würde, weil man jetzt endgültig nach Hause gehen musste.

Über den Kosovo-Checkpoint ging ich aufs Flohmarktgelände, in der Hoffnung auf ein paar billige Platten, war dann aber doch zu faul, mich zu den Kisten im Kies zu bücken. So wühlte ich bei einem Fernsehhändler die CD-Schachtel durch, die auf einem Tisch stand. Für vier Franken erstand ich mir die Global Gumbo-CD eines Labels, das früher prächtige Comedy-Platten herausgab, als man hierzulande noch nicht wusste, was Comedy war. Es gab auch noch ein paar andere Dinge, aber ich musste mich zurückhalten. So streifte ich umher, traf ein paar alte Bekannte, die ihre Sonnenbrillen spazieren führten und die eine oder andere Geschichte, die ich noch nicht kannte, auf Lager hatten. Zu guter Letzt landete ich mit einer schönen alten Freundin, die ziemlich jung war, in der

Silberkugel, wo wir Kaffee tranken und Walnusseis aßen. Sie lud mich zu einer Fete ein, auf die ich aber nicht gehen würde. Stattdessen ging ich nach Hause und legte mich hin. Ehe ich wusste, wie mir geschah, tauchte ich ab und eine Stunde später verwundert wieder auf.

Schließlich raffte ich mich auf und rief Rita an. Einerseits, um mich zu erkundigen, wie es ihr ginge, und andererseits, um sie über die familiären Verhältnisse von Werner Baumann auszufragen.

Es ging ihr, wie man so schön sagt, den Umständen entsprechend. Sie war mit den Kindern einkaufen gewesen, und heute war einfach kein Tag, um allzu pessimistisch zu sein. Ich erzählte von meiner Begegnung auf dem Bauernhof. Das Monster Gottes war Werners älterer Bruder, der einzige, der auf dem Hof geblieben war. Er war keine geistige Leuchte, zeitweise sogar im Heim, aber er konnte arbeiten für drei. Die zwei Schwestern, ebenfalls älter als Werner, waren fort, hatten einen Beruf erlernt, geheiratet und den elterlichen Hof verlassen.

»Werner hat nicht viel von seiner Familie erzählt, obwohl er oft zu Hause vorbeiging. Sie hatten wohl einige Differenzen, auch wegen mir.«

Mir fiel ein, dass ich nicht einmal wusste, wie der Verstorbene ausgesehen hatte.

»Hast du ein Foto von ihm, das du mir schicken kannst?«, lenkte ich Rita von den Streitigkeiten mit seinen Eltern ab.

Ein Foto wollte sie mir schicken, sie bemerkte aber noch, dass im Prospekt der Kantonalbank-Filiale eines drin sei. Zur Sicherheit fragte ich noch, ob sie wisse, was für Schulen er besucht hatte. Sie wusste es nicht genau, aber aufs Gymnasium war er nicht gegangen, er hatte tatsächlich eine Banklehre gemacht. Ich freute mich, immerhin richtig geraten zu haben. Dann redeten wir noch ein wenig, das heißt, sie redete noch ein wenig.

Der Rest des Wochenendes entwischte mir über den Balkon.

5

Am Montagmorgen versuchte ich den wieder trockenen Anzug mit dem Bügeleisen in Form zu bringen, was nicht recht gelang. Ich zog ihn trotzdem an, zusammen mit dem gelben Hemd. Mit dem Bus oder genauer mit mehreren Bussen fuhr ich nach Regensdorf hinaus. Anzüge und Radfahren vertragen sich irgendwie nicht recht. Ich hatte Glück, die Kantonalbank befand sich gegenüber dem Einkaufszentrum, vor dem der Bus hielt. Ich brauchte nur auszusteigen und die Straße zu überqueren.

Die Schalterhalle erinnerte mich an meine Kindheit. Sogar die Pültchen mit den orangen Telefonhörern gab es noch, an denen die Kinder der Stimme Trudi Gersters lauschen konnten, während die Eltern um Kredit oder Stundung flehten oder das Sparbuch der Nichtsahnenden plünderten.

Ich hätte mich ganz gern dort hingesetzt. Weiter standen da Grünpflanzen mit den faszinierenden Hydrokulturkügelchen, ein Sofa, ein Salontischchen, ein Bancomat, der wie ein Kopiergerät aussah, und sechs Schalter, von denen drei bedient waren.

Ich wählte den ganz links, denn dort an der Wand befand sich eine Ablage, auf der verschiedene Kataloge und Prospekte ausgestellt waren.

Vor mir war eine alte Frau am Geldabheben und Plaudern, sodass ich mich in Ruhe umsehen konnte. Ich fand das großformatige Werk: Die Kantonalbank Regensdorf stellt sich vor. Links auf der ersten Doppelseite wurde der

Leser vom Direktor der Zürcher Kantonalbank in Briefform herzlich willkommen geheißen. Rechts davon waren das Bild des einst modernen Gebäudes und ein Organigramm des Betriebes. Auf den folgenden Seiten wurden die verschiedenen Abteilungen und Mitarbeitenden vorgestellt. Werner Baumann fand ich in der Anlageberatung auf dem Posten eines stellvertretenden Abteilungsleiters.

Irgendwann hatte die Alte der Schalterfrau erläutert, weshalb und für wen sie das Geld abhebe, was ihre Nichten sonst noch so trieben, und trollte sich. Ich rückte zum Schalter vor.

»Guten Tag, Frau Weber, ich hätte gerne mit Herrn Baumann gesprochen«, sagte ich mit einem Verkäuferlächeln. Ihr Name stand auf einem Täfelchen, und ihr Foto war auch in der Broschüre. Dort grinste sie, wie alle anderen Angestellten, auf eine Art, als könnte sie es nicht erwarten, einem die Taschen voller Geld zu schaufeln, um anschließend mit einem in ewiger und tiefer Freundschaft verbunden zu bleiben. In natura sah Frau Schneider weniger motiviert, ja leicht genervt und auch ein paar Jahre älter aus. Meine Frage schien ihr Unbehagen noch zu steigern.

»Einen Moment bitte«, lächelte sie angestrengt und ging in den hinteren Teil des Raumes, wo Schreibtische und Aktenschränke standen. Sie redete kurz mit einem älteren Mann an einem der Schreibtische und kam zurück.

»Wenn Sie in den ersten Stock kommen wollen, vorne rechts, Sie wissen ja wo.«

Wir begrinsten uns um die Wette, und ich ging hinauf, obwohl ich keineswegs wusste wohin. Da es aber nur eine Treppe gab, war die Sache nicht allzu schwierig. Oben stand ein leerer Schreibtisch schräg im Raum. Die Sessel waren aus Leder, der Teppich war dick, die Topfpflanzen wirkten polierter als in der Schalterhalle. Es herrschte so eine halbedle Atmosphäre, wie in den Landgasthöfen, die teuer, aber nicht wirklich gut sind.

Ein Mann in einem blauen Anzug trat aus einer der Türen im Hintergrund und kam auf mich zu.

»Sie wollten zu Herrn Baumann?«

»Ja, gerne.«

»Herr Baumann ist leider einem tragischen Unglück zum Opfer gefallen.« Der Mann, er war wohl um die dreißig, fuhr sich übers tadellos gekämmte, aber bereits sich lichtende schwarze Haar. Ich war mir nicht ganz sicher, ob er nicht auch auf der Beerdigung gewesen war. Mein Personengedächtnis war nicht das beste. Ideal für einen, der sich als Ermittler betätigte.

»Oh, das tut mir leid, das wusste ich nicht«, sagte ich und schaute auf den Teppich.

»Worum handelt es sich denn? Vielleicht kann ich Ihnen weiterhelfen.«

»Ich weiß nicht«, sagte ich nachdenklich, »es ging um eine Anlagesache, eine ziemlich persönliche Angelegenheit, verstehen Sie?«

»Aha!« Er sah mich an. Es schien ihm nicht ganz wohl zu sein.

»Wir könnten in meinem Büro weiterreden, Herr …«

»Ro… Roggenmoser, Walter Roggenmoser.« Fast hätte ich meinen richtigen Namen genannt. Den Hugentobler konnte ich nicht mehr bringen. »Ich bin mit Herrn Baumann, also mit Werner, zur Schule gegangen. Ich war längere Zeit im Ausland, Herr …« Ich musste sofort aufhören, unüberlegt zu plaudern, bevor ich irgendeinen Quatsch erzählte.

»Mettler, freut mich, Herr Roggenmoser.« Er gab mir die Hand. Irgendwie gefiel es mir nicht, wie er mich ansah. Ich verfluchte mich, weil ich mich nicht besser vorbereitet hatte. Es war, als wüssten wir beide, dass nichts von dem, was wir sagten, den Tatsachen entsprach. Aber wahrscheinlich bildete ich mir das nur ein, und es war bei Bankgeschäften immer so, dass zuerst Misstrauen herrschte. Einerseits wollte die Bank Zinsen kassieren, andererseits musste sie sich hüten, das Geld rezessionsgeplagten Handwerkern oder windigen Schlaumeiern anzuvertrauen. Gleichzeitig musste dem Kunden, der Geld anlegen wollte, ein solider Eindruck vermittelt werden. Dafür war wohl das Wichtigkeit und Sicherheit vermittelnde Mobiliar angeschafft worden.

»Wenn ich dann bitten darf?« Mettler wies mit dem Arm zur Tür, durch die er gekommen war.

»Nein, danke. Ich muss mir die Sache in diesem Fall noch einmal überlegen. Wie gesagt, es war eine vertrauliche Angelegenheit.«

»Das kann ich verstehen, der Tod muss Sie als alten Freund sicher getroffen haben.« Mettler legte pietätvoll eine Pause ein und betrachtete würdevoll den Gummibaum. Der ließ die Blätter hängen, ob wegen Werners Tod oder aus Prinzip war nicht festzustellen.

»Ich bearbeite interimistisch alle seine Kunden und würde mich freuen, wenn Sie auch zu mir Vertrauen finden würden.« Es sah fast aus, als meinte er es ernst. Eine Sekunde lang war ich drauf und dran, ihm den Grund meiner Anwesenheit zu erklären und ihn über Werner auszufragen. Wäre ja vielleicht die einfachere Methode gewesen. Aber irgendetwas hielt mich zurück.

»Ich denke darüber nach«, sagte ich und schickte mich zum Gehen an. »Also dann, auf Wiedersehen, Herr Mettler.«

»Auf Wiedersehen, Herr Roggenmoser.«

Ich verließ die Kantonalbank und ging gegenüber ins Mövenpick, wo ich einen Kaffee trank. Dann rief ich Rita an, aber sie war nicht zu Hause. Dafür war ihre Mutter da, die mir bereitwillig mitteilte, dass Rita im Fitnesscenter ihre Stunden gebe. Sie würde mir auch gerne die Nummer raussuchen. Das war nicht nötig, das Fitnesscenter war ja praktischerweise genau gegenüber. Natürlich hatte ich kein Trainingszeug dabei, aber ich ging trotzdem rein.

Ich schilderte der Frau an der Kasse mein Problem. Sie war klein und gebräunt, vom blond gefärbten Haaransatz bis in den großzügigen Ausschnitt ihres hautengen, glänzenden Lycra-Oberteils. Sie lächelte verständnisvoll, wenn auch ein wenig eingefroren, und meinte, dass das überhaupt kein Problem sei. Ich könnte ein Tuch und eine Badehose mieten und mir aus den liegen gelassenen Sachen ein paar Latschen nehmen. Ich gab vor, sowieso nur in die Sauna zu wollen. Mit Eintritt, Mietgebühr und Depot zahlte ich fast achtzig Franken.

Ich zog mich um und stieg, mit T-Shirt und Badehose bekleidet, das Tuch über der Schulter, über eine Wendeltreppe in den Fitnessraum hinauf. Dort schwitzten und ächzten ein paar dicke, ältere Herren. Zwei Frauen plauderten miteinander, während sie eine Treppenmaschine hochstiegen, ohne irgendwohin zu kommen. Rita war nicht zu sehen, und so kehrte ich um. Ich wollte zur Fruchtsaft-Bar hinunter. Dort gedachte ich mich zu installieren, denn da mussten alle vorbei, weil die Wendeltreppe gegenüber war. Ich hatte beim Hereinkommen ein Zeitschriftenregal mit Muskel- und Frauenmagazinen ausgemacht, die ich an der Bar zu studieren gedachte. Ich las gern solche Hefte, getraute mich aber nicht, sie am Kiosk zu kaufen, außerdem waren sie viel zu teuer.

Dann sah ich hinter einer Glasscheibe eine hüpfende

Gruppe und erkannte in Rita die Vorturnerin. Sie trug, wie fast alle Frauen, ein enges, glänzendes Trikot, das als Tanga endete. Darunter hatten sie eine Art Leggins oder so was an. Mir fiel ein, dass die Prostituierten auf der Reeperbahn ebenfalls diesen Einheitsdress trugen. Ich war nicht dahintergekommen, ob verordnet oder freiwillig. Die Frauen hier taten es sicher freiwillig. Die Männer trugen keine Tangas, sondern eine Shortsvariante, dazu ein enges T-Shirt. So waren auch sie zweiteilig und zweckmäßig gekleidet für die Übungen, die nach gröberer Anstrengung aussahen, obwohl sich alle Mühe gaben, locker zu wirken oder sogar zu grinsen. Rita sah mich nicht, und ich wollte nicht winken oder an die Scheibe klopfen. Wieso sollte im Fitnesscenter erlaubt sein, was im Zoo verboten war? Also ging ich weiter. Wenn ich schon mal da war, so dachte ich unten angekommen, wollte ich mich auch ins Sprudelbad setzen. Von dort aus konnte ich die Treppe auch überwachen. Das Bad war leer, es war kurz nach halb zwölf. Es blubberte um mich herum, und es gefiel mir großartig.

Ich redete mir ein, dass ich, wenn ich Turnschuhe und -hosen dabeigehabt hätte, gerne auf dem Laufband gerannt wäre oder andere Maschinen ausprobiert hätte. Aber so, in einer schlecht sitzenden, blauen Badehose, mit einem ausgeleierten T-Shirt und barfuß, traute ich mich nicht unter die Sportler. Ein Sprudelbad war ja auch etwas Schönes.

Nach einer Weile wagte ich mich ins Schwimmbecken und drehte ein paar Runden. Langsam gab es mehr Betrieb, die ersten Lunch-Sportler tauchten auf. Die Aerobic-Truppe kam die Treppe herunter. Ich schwamm zur Barseite des Pools, an der ein Mann saß. Ich stieg an der Treppe beim Sprudelbad aus dem Wasser, ging zu meinem Tuch und trocknete mich ab. Wegen des Chlors war mein Blick getrübt. Trotzdem erkannte ich Rita, als sie die Treppe herunterkam, leuchtfarbene Gewänder hatten auch ihr Gutes. Eben wollte ich ihr entgegengehen, als ein Mann von der Bar aufstand und sie begrüßte. Ich hielt mich hinter einer Säule versteckt, von wo aus ich leider nicht verstehen konnte, was sie redeten. Dafür sah ich, mit wem Rita redete. Mettler.

Ich ließ mich unauffällig ins Sprudelbad gleiten und tauchte bis zur Nasenspitze unter. Schließlich ging der Bänkler nach oben in den Fitnessraum. Ich stieg aus dem Wasser und wollte zu Rita, aber die war durch eine Tür verschwunden, die sich nur mit einem Schlüssel öffnen ließ. Ich ging noch einmal nach oben, um nachzusehen, was Mettler wohl machte. Er saß an einer Maschine und drückte zwei Griffe vor der Brust zusammen. Er hatte ziemliche Muskeln, das sah ich noch, ehe ich wieder umkehrte, um nicht von ihm erkannt zu werden.

Ich konnte Rita unten nirgendwo finden, also ging ich duschen und zog mich um. Ich gab meine Leihgaben bei einer schwarzhaarigen Frau zurück, kassierte das Depot und ging ins Einkaufszentrum, weil ich Hunger hatte. Das Migros-Restaurant war aber so voll, dass ich mich anders entschied und mit dem Bus zurück nach Zürich fuhr. Als ich dort ankam, war es schon nach halb zwei, sodass ich ungestört in der Silberkugel essen und nachdenken konnte.

Es kam nicht viel dabei heraus, beim Nachdenken. Der Bänkler erschien mir ein wenig seltsam, gut. Das musste aber nicht an ihm liegen, ich hatte wenig Umgang mit solchen Leuten. Gut möglich, dass ihr normales Verhalten mir seltsam vorkam, und wahrscheinlich war es umgekehrt ebenso.

Dass er Rita im Fitnesscenter traf, musste nichts heißen. Hatte sie ihren verstorbenen Liebhaber nicht ebenda getroffen? Zum Bänkler-Lifestyle gehörte das Fitnesscenter wohl dazu, und was lag näher, als gleich gegenüber Mitglied zu werden, sodass man sich auch über Mittag fit halten konnte? Wenn es auch nicht der exklusivste Klub war, so war es doch der nächstgelegene und der billigste obendrein.

Nach einem Kaffee ging ich durch die Bäckeranlage zum Lebensmittelladen, um endlich meine Schulden zu begleichen. Im Park spielten Kinder. Ein Container, der eine Küche beherbergte, war aufgestellt worden, ein paar Tische und Spielgeräte standen davor. Die Anwohner versuchten, sich mit Hilfe des Amtes für Soziokultur, einem Amt, das es wohl nur in Zürich geben konnte, ein bisschen Platz zurückzuerobern. *Kein Ausgrenzungsterror* hatte jemand an den Container gesprayt. Man wusste wer. Leute, die vor Jahren aus dem Viertel weggezogen waren, weil es ihnen hier für sich oder ihre Kinder zu unsicher geworden war. Ihr revolutionäres Engagement hatten sie mitgenommen, und seither schimpften sie auf die reaktionären Anwohner, die die unterdrückten und ausgebeuteten Dealer und Süchtigen nicht solidarisch fütterten und hätschelten. Jene zeigten sich allerdings von der ihnen entgegengebrachten revolutionären Solidarität höchst unbeeindruckt. Ich hatte im Euro-Coop schon Park-Klientel gesehen, die, obwohl sie sich kaum noch auf den Beinen halten konnte, Jugo-Kids anpöbelte, Drecksausländer, die ihnen anscheinend das Futter wegnahmen. Je tiefer unten einer war, desto mehr brauchte er jemanden zum Draufspucken. Immerhin war es den Revolutionären in ihren Flugblättern gelungen, die hier ansässigen Immigranten aus dem Mittelmeerraum, einst als benachteiligte »Ausländer« hofiert, zu »EU-Passbesitzern« und damit zu Klassenfeinden umzudeklarieren.

Die Gestalten, die es vor der Ausgrenzung zu schützen

galt, lungerten mit ihren Hunden im Park neben dem eingestürzten Pavillon herum und waren auf so ziemlich allem, das einen Einfluss auf das vegetative Nervensystem des Menschen hatte. Ich kannte die Namen von den Sachen, die hier angeboten und verzehrt wurden, nicht. Ich wollte sie auch nicht kennen, wenn ich mir die Wirkung ansah, die sie ausübten. Die Hecken wirkten geradezu lebhaft im Vergleich zu denen, die vor ihnen saßen oder in ihnen lagen. Andere hingegen hatten sich eine Ladung Raketentreibstoff verpasst, und ihre ausgemergelten Körper und ausgebrannten Gehirne irrlichterten hochaggressiv durch die Rabatten.

Kennen und schätzen tat ich dagegen Ziegelhof-Bier und Burehöfler-Most, weshalb ich mir im Laden mit den netten Frauen je drei Flaschen erstand, um mir zu Hause das leckere und in der Wirkung als hirntätigkeitsfördernd bekannte Getränk Snakebite zu mixen.

So soff ich mir an diesem Abend, an dem zu aller Freude auch noch meine Lieblingssendung *Risiko* lief, einen hübschen Feierabendrausch an. Darauf brauchte man als Arbeitsloser ja nicht auch noch zu verzichten, wenn man schon keinen Feierabend hatte. Obwohl Herr Frischknecht da wahrscheinlich anderer Ansicht war, aber was verstand der schon von der Sache? Darauf rauchte ich sogar noch einen kleinen Joint und grinste zur Feier des Tages eine Stunde lang vom Balkon herunter.

6

Das Erwachen am nächsten Morgen war nicht leicht. Ich musste mich selbst mit einem Fußtritt aus dem Bett befördern, was nicht einfach und verhältnismäßig schmerzhaft ist. Noch ärger wurde es aber, als ich im Briefkasten ein Schreiben Frischknechts fand, das mich an unser Beratungsgespräch erinnerte. Es lag ihm wirklich viel daran, mich zu sehen. Ich konnte nicht sagen, dass das gegenseitig war. Ich frühstückte, las die Zeitung und beschloss, etwas zu tun. Außerdem nahm ich mir vor, nichts mehr zu trinken, bis ich den Fall gelöst hatte. So kam ich nicht weiter. Wie ich sonst weiterkam, wusste ich allerdings auch nicht.

Eigentlich hatte ich Rita noch über die Beziehung Werners zu seinen Kollegen von der Bank ausfragen wollen, aber sie war nicht zu Hause, und auf den Beantworter reden mochte ich nicht. Eigentlich mochte ich überhaupt nicht reden. Ich blätterte noch einmal in der Werbebroschüre der Kantonalbank. Mettler hatte auf dem Foto noch mehr Haare als jetzt. Dafür vielleicht weniger Muskeln.

Der Versuch, Rothenbühler anzurufen, scheiterte daran, dass ich seine Nummer nicht hatte und das Telefonbuch nicht fand.

»Ein wenig Bewegung kann nicht schaden«, sagte ich mir und fuhr zum Idaplatz.

Weil ich den ganzen Weg gespurtet war, läutete ich völlig verschwitzt an der Tür des Anwalts und trat dann ein, so wie es das Schild von einem verlangte.

Die ehedem ungesund aussehende junge Frau telefonierte wieder, sah aber nicht mehr so ungesund aus. Wahrscheinlich sah ich jetzt ungesund aus. Während die Frau mit dem Kinn eine Geste machte, dass ich kurz warten sollte, und noch ein paar Worte in den Hörer sprach, bemerkte ich, dass sie eigentlich recht hübsch war. Sie hatte etwas Herbes, oder war es gar etwas Derbes? Etwas Bäurisches vielleicht? Ihre breiten Schultern ließen sich trotz des unförmigen, blauen University-Pullis erkennen. Sie hatte dichte, dunkelbraune Haare, fast schwarz, die sie zu einem kurzen Rossschwanz zusammengebunden hatte, dunkle Augen, die lebhaft hin und her rollten, ein rundes Gesicht, das erst auf den zweiten Blick wirkte. Irgendetwas hatte sie, das mir gefiel. Vielleicht war ich auch nur erhitzt vom Radfahren. Mein Hemd klebte jedenfalls am Leib, und in dem schlecht belüfteten Büro troff mir der Schweiß von der Stirn. Ich wischte ihn mit dem Jackenärmel ab. Die junge Frau hob die Augenbrauen, schüttelte nachsichtig den Kopf und legte den Hörer auf.

»Sie schon wieder«, begrüßte sie mich.

»Ist Herr Rothenbühler da?«, fragte ich, leicht verunsichert.

»Ja«, sagte sie.

»Kann ich ihn sehen?« Sie hob die Schultern und griff nach dem Hörer. Während sie einen Knopf drückte und wartete, drehte sie sich auf ihrem Bürostuhl hin und her und sah mich irgendwie belustigt an. Als wüssten wir beide, dass die ganze Umgebung nur Fassade war, eine Realität, die nur existierte, weil wir daran glaubten. Wir konnten uns auch jederzeit wieder in Trolle und Hexen verwandeln und durch die Wälder tanzen, die Sterne abhängen und den Mond ausgraben. Zurzeit taten wir einfach so, als wären wir Menschen. Wir verhielten uns so, wie die sich verhielten. Wir gaben vor, zu akzeptieren, dass die Dinge, die sie taten, richtig und wichtig waren und dass wir sie und ihre Welt ernst nahmen. Sonst wurden sie böse.

»Herr Robert ist da, hast du Zeit?«, fragte sie schließlich in den Hörer und ich staunte, dass sie meinen Nachnamen noch wusste. Sie nickte und hängte auf.

»Adelante!« Mit einer ausladenden Geste wies sie auf die Tür von Rothenbühlers Büro.

Der Anwalt saß am Schreibtisch und rauchte eine Gauloise.

»Ah, Herr Robert, was gibt es Neues?«, fragte er, während er sich halbherzig erhob, um mir mit einer Geste den Stuhl gegenüber anzubieten.

»Nicht viel«, sagte ich. »Wie geht es Bruno?«

»Nicht gut!« Rothenbühler schüttelte den Kopf und drückte die Zigarette im übervollen Aschenbecher aus.

»Es scheint ihm egal zu sein, was mit ihm passiert. Er wirkt apathisch und desinteressiert. Die Sache nimmt ihn schwer mit. Es wäre gut, wenn Sie etwas herausfänden. Die Dinge stehen schlecht für ihn.«

Ich schluckte leer. Wenn ich nur wüsste wie, dachte ich und hatte ein schlechtes Gewissen, weil ich noch nichts Richtiges unternommen, geschweige denn herausgefunden hatte. Immerhin hatte ich Vorsätze gefasst, und aus Spaß war ich ja auch nicht hier.

»Ich habe eine Bitte«, sagte ich. »Könnten Sie herausfinden, wo sich das Grundstück befindet, auf dem Werner Baumann ein Haus bauen wollte? Müsste irgendwo in Regensdorf sein.«

»Sind Sie eigentlich der Privatdetektiv oder ich?«

»Ich bin kein Privatdetektiv.« Wie kam der Mann auf solche Ideen?

»Ja, was sind Sie dann?«

»Tun Sie mir den Gefallen«, ignorierte ich die Frage. Es

hätte mich überfordert, sie zu beantworten. Rothenbühler griff zum Hörer.

»Monika, ruf doch rasch die Gemeindeverwaltung Regensdorf an und finde heraus, wo sich das Grundstück von Werner Baumann befindet. Sag halt was von Nachlass, wenn sie fragen. Merci.« Er hängte auf und schüttelte den Kopf.

»Monika wird Ihnen die Adresse geben, melden Sie sich, wenn Sie mehr wissen.«

Offenbar hatte er noch andere, wichtigere Dinge zu tun. Ich bedankte mich artig und verließ das Büro. Die junge Frau telefonierte und schnitt dazu Grimassen. »Aber natürlich, Herr Wiederkehr. Ich weiß, Herr Wiederkehr. Danke bestens, Herr Wiederkehr.« Ihren Faxen nach zu schließen, hätte sie ihn gerne sonst wohin geschossen, den Herrn Wiederkehr. Sie knallte den Hörer auf die Gabel. »Wixer!«, sagte sie laut, und ich hob die Augenbrauen.

»Das dürfte ich Ihnen aber nicht sagen, Fräulein, da könnte ja jeder kommen, Fräulein, da müssten Sie persönlich vorbeikommen, Fräulein, dafür schulden Sie mir einen Kaffee, Fräulein«, äffte sie ihn nach. Ich musste lachen, die Frau machte mir Spaß.

»Und das alles wegen Ihnen, Herr Robert«, schnaubte sie und gab mir den Zettel, auf den sie eine Adresse geschrieben hatte.

»Besten Dank«, sagte ich. »Ich weiß es zu schätzen.« Mit dem Zettel in der Hand ging ich zur Tür.

»Das hoffe ich.« Sie sah mich streng an. »Auf Wiedersehen, Herr Robert.«

»Auf Wiedersehen …« Ich drehte mich noch mal um. »Wie heißen Sie eigentlich?«

»Mónica.«

»Auf Wiedersehen, Frau Monika.«

Diesmal galt der »Wixer« eindeutig mir.

7

Ich fuhr noch einmal nach Hause und holte einen nicht mehr ganz neuen Regio-Plan von Zürich, ein Überbleibsel aus meiner Zeit als Chauffeur eines Blumengeschäfts. Regensdorf war ja ein schöner Ort, aber ich musste ihn nicht jedes Mal der Länge und der Breite nach durchqueren, wenn ich eine Adresse suchte.

Die Fahrt zum Bucheggplatz machte mir zu schaffen, und ich fluchte. Ich hatte mich gehen lassen, nicht nur gestern Abend, sondern die ganzen letzten Monate hindurch.

Da ich arbeitslos war, hätte ich genug Zeit gehabt, mich der Körperertüchtigung zu widmen, aber irgendwie hatte ich es verpasst. Während ich nach Regensdorf hinunterfuhr, nahm ich mir vor, wieder etwas zu machen. Ich könnte ja ins Fitnesscenter gehen.

Nach einigem Suchen fand ich das Haus. Als ich nämlich am Dorfrand den Plan konsultierte, bemerkte ich, dass es die Straße gar nicht gab. Zumindest hatte es sie noch nicht gegeben, als der Plan gedruckt wurde. So fragte ich auf der Post, und die wussten es. Es war eine jener neuen, frisch asphaltierten Straßen mit Trottoirs und Straßenlaternen, die von der Hauptstraße abzweigten und dann in einem Bogen wieder dorthin zurückführten. Das Haus von Werner Baumann war am Ende der Straße. Schön gelegen, gegen den Wald hin ausgerichtet, schon fast fertig gebaut. Ich stellte das Fahrrad ab und stapfte durch das Erdreich, auf dem dereinst der Garten wachsen würde. Das Haus war weiß verputzt, Fenster und Türen waren bereits eingesetzt, wahrscheinlich als Schutz vor den Vandalen, die in solchen Häusern aufwuchsen. Mir persönlich sagte die Einfamilienhaus-Architektur nicht zu, ich konnte nicht verstehen, warum man sich für viel Geld auf irgendeinem Acker eine Hütte hinstellte, inmitten anderer Hütten, die einander an Scheußlichkeit überboten. Die Garagen waren meist noch das Beste am Ganzen. Immerhin wollten 95 % der Schweizer Rekruten eine Familie und ein eigenes Haus. Zu Letzterem reichte es dann aber nur etwa 15 %, was vielleicht die weit verbreitete Enttäuschung und Verbitterung der Familienväter erklärte. Ich beneidete die, die es geschafft hatten, nicht. Man zog wahrscheinlich wegen der Kinder in so eine Umgebung. In solchen Gegenden standen auch immer unzählige *Achtung Kinder*-Tafeln. Nur Kinder waren keine zu sehen.

Wie auch immer, ich brauchte gar nicht zu lästern. Werner Baumann war sechs Jahre jünger gewesen als ich und baute sich hier ein Haus, während ich vor einem halben Jahr zum ersten Mal in meinem Leben einen Mietvertrag unterzeichnet hatte, der auf meinen Namen lautete. Wegen der Lage der Wohnung musste ich dem Vermieter nicht einmal gefälschte Arbeitszeugnisse und Betreibungsauszüge vorlegen. Seit fast jeder einen Scanner hatte, war es ein Leichtes, ›Kopien‹ jedes beliebigen Dokumentes herzustellen, aber die Empfehlung des Vorgängers und der Schweizer Pass genügten dem Vermieter diesmal als Sicherheit. Früher galt der Schweizer Pass im Ausland etwas. Jetzt galt er eigentlich nur noch in der Schweiz selber etwas.

Werner Baumann hatte solche Mätzchen sicher nicht nötig gehabt. So ein Haus war nicht billig, und er hatte Mittel gefunden, seinen Traum zu verwirklichen. Wahrscheinlich hatte er die Eltern angepumpt, einen Erbvorschuss erhalten, plus einen guten Baukredit, da lag so ein Häuschen wohl drin. Ich hatte nicht viel Ahnung von diesen Sachen. Die Hütte war, von außen betrachtet, ziemlich groß, und auch das Grundstück war größer als die anderen an der Straße.

»Bauern«, dachte ich. Man wusste nie, wie viel sie wirklich besaßen. Vielleicht hatte das Land, auf dem die Häuser standen, gar der Familie Baumann gehört, und Werner konnte sich mit einem Teil des Verkaufsgewinns locker so ein Domizil hinstellen.

Das Haus von Werner Baumann war eines der wenigen, die sich noch in Bau befanden. Der Rest war, den Autos in den Einfahrten und dem gemähten Rasen nach zu schließen, bewohnt. Es herrschte allerdings eine gespenstische Stille, was nicht hieß, dass niemand zu Hause war. Da ich nicht riskieren wollte, der Polizei Auskunft geben zu müssen, was ich hier verloren hätte, stieg ich wieder aufs Velo. Irgendjemand schaute sicher durchs Küchenfenster. Irgendjemand schaute in der Schweiz immer durchs Küchenfenster. Vor allem, wenn Gestalten beim Haus von dem, der – haben Sie es schon gehört? – erschlagen wurde, herumstrichen. Ich fuhr auf die Hauptstraße zurück.

Wenn ich schon mal hier war, konnte ich ja einen kleinen Umweg machen und noch mal bei den Baumanns vorbeischauen. Die Hausbesichtigung hatte mich nicht viel weitergebracht. Vielleicht fand ich auf dem Hof ja irgendeinen Hinweis auf die Vermögenslage der Familie. Ansonsten würde mir der kleine Ausflug körperlich auf keinen Fall schaden. Denn dabei musste ein Hügel überquert werden. Die Regensdorfer Seite war verflucht steil, sodass ich beinahe absteigen musste. Kurz vor dem Zusammenbruch erreichte ich den höchsten Punkt. Natürlich war das nicht die gesunde Variante, sich so auszukotzen, aber Absteigen lag einfach nicht drin. Ganz ohne Selbstachtung konnte auch ich nicht leben.

Hinunter fuhr ich ganz langsam, einerseits um mich zu erholen, andererseits um aufmerksam zum Hof der Baumanns hinunterzuschauen. Wenn sie reich waren, so waren sie geizig. Das Wohnhaus und der Stall wirkten alt und ein bisschen verlottert, teure Maschinen waren nirgends zu sehen. Ich fuhr auf den Hof und sah vor dem Stall einen schwarzen Porsche stehen. Sollte ich mich getäuscht haben? Wem mochte dieses teure Angeberauto gehören?

Ehe ich zu einem Schluss kam, hörte ich laute Stimmen und zog mich hinter die Stallmauer zurück. Die Tür des Wohnhauses flog auf, und der Riese kam heraus, einen blonden Mann in einem dunkelblauen Anzug vor sich herschiebend. Der Mann schimpfte auf ihn ein. Ich verstand nur die Wörter »Konsequenzen« und »Eigentum«.

»Hinweg mit dir, Wucherer!«, dröhnte der Bruder von Werner Baumann und drängte den Blonden weiter über den Hof.

»Ich bleibe hier stehen, bis ich habe, was ich will!« Der Mann baute sich auf, er schien ziemlich wütend zu sein. War wohl gewohnt, dass man tat, was er verlangte. »Was meinen Sie eigentlich, das sind Geschäftsunterlagen, und Sie haben überhaupt kein Recht ...«

Der Riese ergriff den Mann im Anzug wie eine Puppe und trug ihn zum Porsche hinüber. Der schrie und trat. Ohne Erfolg. Heftig krachte er gegen den Wagen.

»Hinfort mit dir! Fahr heim zur Hure Babylon!«, rief der Knecht Gottes. Der Blonde wollte noch etwas sagen oder vielleicht sogar einen Angriff wagen, überlegte es sich dann aber anders, stieg ein, wendete mit quietschenden Reifen und brauste davon. Auf dem Heck des Porsches erkannte ich den Aufkleber einer Karate-Schule im Kreis Vier, einem ziemlich milieulastigen Verein. Allzu viel gelernt hatte der Anzug dort anscheinend nicht. Ich dagegen hatte gar nirgends allzu viel gelernt, denn statt des Klebers hätte ich wohl besser die Autonummer studiert.

»Gut gemacht!«, rief ich und kam, das Velo schiebend, hinter dem Stall hervor.

Der Riese sah mich misstrauisch an. Ich fürchtete schon, er würde mir auch so eine Behandlung zukommen lassen.

»Ein schlechter Mensch!«, sagte ich fest und deutete in die Richtung, in die der Porsche davongerauscht war. »Seien Sie froh, dass Sie ihn los sind. Was sucht der überhaupt bei euch?«

»Zeugnis seines Handelns, der König der Zöllner. Er will nicht ruhen lassen, was endlich Ruhe gefunden hat.«

»Albert! Albert, ist er weg?«, rief da eine Stimme vom Wohnhaus her. Die Mutter war herausgekommen. »Albert, wer ist denn da noch?«

»Erinnern Sie sich nicht mehr? Hugentobler mein Name, ich bin mit Werner zur Schule gegangen.« Da ich nicht wagte, am Riesen Albert vorbeizugehen, rief ich es ihr zu.

»Albert, komm herein!«, befahl sie, und der Gigant gehorchte der alten Frau. Ich stand alleine auf dem Hof, nicht wirklich schlauer als zuvor.

Den ganzen Heimweg lang versuchte ich mir einen Reim auf die Situation zu machen, aber keiner überzeugte mich. Was hatten die Worte des Hünen zu bedeuten? War es Gott, der aus ihm sprach? Warum drückte sich Gott dann nicht deutlicher aus?

Oder verstand ich es nur nicht?

Zu Hause machte ich mich daran, die Küche zu putzen. Beim Ausfegen der hinteren Spülsteinecke oder beim Abmessen der Altpapierschnur ist ja schon mancher zu einer tieferen Einsicht gelangt. Und wenn nicht, gelangte man immerhin zu einer sauberen Küche. Ich musste mit dem Zweiten vorliebnehmen.

8

Das Telefon weckte mich. Erst acht Uhr. Ich hatte den Weckdienst doch auf eine halbe Stunde später bestellt. Ich nahm trotzdem ab. Rita war der Weckdienst.

»Tut mir leid, dass ich dich geweckt habe. Es ist etwas passiert, bei mir ist eingebrochen worden.«

»Eingebrochen?«, brummte ich halb wach.

»Ja, ich habe bei meiner Mutter übernachtet und bin eben erst heimgekommen. Das Schloss wurde aufgewürgt.«

»Fehlt etwas?«

»Ich weiß es noch nicht, kannst du vorbeikommen?«

»Hast du die Polizei schon verständigt?«

»Nein, ich habe zuerst dich angerufen.«

Ich unterließ es zu fragen, weshalb sie das getan hatte, und empfahl ihr, die Polizei zu holen. Ich konnte frühestens um elf Uhr bei ihr sein. Sie musste auch noch ihre Stunden geben, so verabredeten wir uns auf halb eins.

Wenn ich schon wach war, konnte ich mir ja ein gutes Frühstück leisten, mit Früchten, Tee, *Tagblatt* und NZZ. Ich nahm es auf dem Balkon ein, obwohl es recht kühl war. Wenn man schon einen Balkon hatte, musste man ihn benutzen. Zudem war es schön, den Zügen vom nahen Bahnhof zuzuschauen, den Autos auf der Langstraße und den Wolken über Zürich.

Wenn man älter wurde, begann man sich an kleinen Sachen zu freuen. An gutem Tee, an einem Balkon, an einer Zeitung, die man in Ruhe lesen konnte, oder an einer nahezu idealen Lebenslage, die es einem erlaubte, die Zeitung zum Tee auf dem Balkon zu lesen. Herr Frischknecht, mit dem ich heute ein Rendezvous hatte, würde mir die Freude schon noch verderben.

Es war, wie ich vermutet hatte.

»Herr Robert, ich habe etwas gefunden für Sie«, schnarrte er, kaum dass ich mich gesetzt hatte.

»Aha.« Verwirrt musterte ich sein Hemd. Es war braunorange und gelb.

»Handlanger bei einem Dachdecker. Sie können gleich morgen anfangen. Das mit den sechzig Prozent kann ich allerdings nicht garantieren, wenn es auch längerfristig möglich sein sollte.« Längerfristig. Mir fiel ein, dass es schon mittelfristig Winter und wahrscheinlich sehr kühl und nass sein würde auf so einem Dach. Frischknechts Gesichtsausdruck veränderte sich ein wenig, das Spürchen Freude wich aus seinen Zügen. Er hatte wohl erwartet, dass ich ihm um den Hals fallen würde. Endlich Arbeit! Endlich wieder ein Mensch sein! Mein betretenes Schweigen verunsicherte ihn, er rollte mit seinem Bürostuhl ein wenig zurück.

»Sie müssen schon ein bisschen flexibel sein. Nach sechs Monaten kann man nicht mehr auf seinen Wünschen beharren, das kommt sonst einer Verweigerung gleich.«

Ich nickte matt.

»Flexibel sein, verstehen Sie? In ihrem Alter kann man doch nicht einfach dasitzen und warten, bis einem der ideale Job angeboten wird. Ihnen fehlt doch nichts. Oder wollen Sie gar nicht arbeiten?«

»Wieso?«, sagte ich. »Habe ich das etwa gesagt?«

»Dann ist ja alles bestens. Sie können gleich morgen früh anfangen. Melden Sie sich um Viertel vor sieben bei Herrn Wegmüller. Es freut mich wirklich, dass wir endlich etwas Passendes für Sie gefunden haben.«

Ich glaubte es ihm gern, er sah tatsächlich aus, als ob er sich freuen würde, der Hund. Seit der Reorganisation des Arbeitsamtes mussten die sogenannten Betreuer, von denen es Unmengen in den vielen eigens erbauten, schmucken Gebäuden gab, die Klienten so schnell wie möglich weitervermitteln, sonst kamen sie selber unter Druck. Die Rechnung lautete: Wenn jeder Arbeitslose dank der Vermittlung des Arbeitsamtes mindestens zehn Tage weniger lang arbeitslos bleibt, dann wird mehr eingespart, als für all die Vermittler und Vermittlungszentren ausgegeben wird.

Ich hielt die Methode für hirnverbrannt, und der Beweis war, dass ich ausgerechnet jetzt, wo ich mich um den Fall Werner Baumann kümmern sollte, arbeiten gehen musste.

Mit einem Formular, auf dem die Adresse und die Anstellungsbedingungen des Dachdeckers standen, ging ich in die Silberkugel beim Kunstgewerbemuseum, um mich bei Kaffee und *Blick* zu beruhigen. Es klappte nicht. Am Postomat zog ich meine letzten dreihundert Franken. Das Geld vom Arbeitsamt war noch nicht gekommen. Wieso hatte ich das nicht gestern überprüft, dann hätte ich Frischknecht gleich danach fragen können. Wenn es auch nichts genützt hätte, wäre es doch eine gute Gelegenheit gewesen, ihm ein wenig auf die Nerven zu gehen.

Ich setzte mich aufs Velo und fuhr wieder nach Regensdorf hinaus. Das war unterdessen schon fast so etwas wie mein Arbeitsweg. Es ging aber nicht nur darum, ein bisschen Sport zu treiben. Es passierte so überhaupt nichts, dass es zum Verzweifeln war. Bruno hockte in Untersuchungshaft, und es drohte ihm eine lange Haftstrafe. Und ich wollte schon bald wieder trinken können, was mir wegen meines Gelübdes verwehrt war. Also musste ich den finden, der den Neuen von Rita umgebracht hatte. Bruno hatte mich gebeten, etwas herauszufinden, was also blieb mir anderes übrig, als etwas herauszufinden? Eigentlich war ich gar nicht scharf darauf, Detektiv zu spielen. Ich war mir noch nicht einmal vollkommen sicher, ob Bruno es nicht doch gewesen war. Ich musste an die Worte des Wieners denken. Daran, wie Bruno werden konnte, wenn er betrunken war. Ausgerechnet Bruno, der Seriöse, Bruno, der Unternehmer, Bruno, der Ehemann und Vater. Ich wollte nicht, dass er so tief gesunken war. Also suchte ich eben.

Obwohl ich abgelatschte Stoffschuhe, eine weite Hose vom Flohmarkt, ein kurzärmliges, gestreiftes Hemd und eine Kapuzenjacke trug, auf der zu allem Überfluss hinten in blutigen Lettern *Vendetta* stand, betrat ich die Kantonalbank und ging sofort in den ersten Stock hinauf. Ich drückte die Klingel, die sich unter dem Schild befand, auf dem *Manfred Mettler, Anlageberater* stand. Dieselbe Dreilampenklingel wie im Arbeitsamt. Aktien der Herstellerfirma waren sicher keine schlechte Investition, dachte ich, während ich den Knopf drückte.

Zuerst leuchtete das orange Lämplein auf, und hinter dem Text *Bitte warten* leuchtete es gelb. Nach einer Weile surrte es, jetzt waren die Worte *Bitte eintreten* durch ein grünes Lämpchen erleuchtet. Also trat ich ein.

Mettler saß an einem Schreibtisch, das Fenster hinter ihm ging auf den Hof hinaus, man sah auf ein benachbartes Bürogebäude.

Auch er hatte einen L-förmigen Schreibtisch. Rechts das Computerterminal und vorne der Schreibtisch zum Empfangen und Telefonieren. Links stand ein graues, längliches Büromöbel mit abschließbaren Schiebetüren.

Darüber hing ein Bild, etwas undefinierbares Rotes mit gelben Streifen und ein paar blauen Flecken. Irgendwie sah es dynamisch aus.

»Sie wünschen?«, fragte mich Mettler, schon fast ärgerlich, zumindest aber ungeduldig. Erstens war ich nicht angemeldet, und zweitens trug ich keinen Anzug mehr, das konnte schon einen Unterschied machen. Mettler selber trug ein weißes Hemd und eine Edelweißkrawatte.

»Ich war am Montag schon einmal hier, wegen dem Herrn Baumann«, begann ich.

»Ja, bitte. Welches Depot?«, fragte Mettler, leicht irritiert, aber nicht verunsichert.

»Wie gesagt, ich war ein Schulfreund von Werner, erinnern Sie sich nicht?«

»Sie können mir gerne sagen, um was es geht, ich bearbeite alle seine Kunden.« Mettler runzelte die Stirn. Der Mann gefiel mir einfach nicht. Aber ich kam nicht darauf, warum.

»Werner hat gesagt, es gäbe Probleme, und wollte mich deshalb gerne persönlich sehen«, schoss ich einen Pfeil ins Blaue. Treffer. Mettler schluckte leer und setzte ein falsches Grinsen auf.

»Ah so, nun, in dem Fall wäre es besser, wenn wir uns einmal in Ruhe unterhalten könnten.«

»Wie Sie wollen, schlagen Sie etwas vor.« Ich lächelte jovial. Da war was im Busch.

»Heute geht es schlecht, aber wie wäre es morgen Nachmittag?«

»Gerne, sagen Sie mir wo.«

»Wohnen Sie hier in Regensdorf?«

»Nein, in Zürich«, antwortete ich wahrheitsgemäß.

»Das trifft sich gut, ich habe morgen auf dem Hauptsitz zu tun. Treffen wir uns doch auf einen Drink, so gegen Viertel nach zwei, im Widder, kennen Sie den?«

»Natürlich. Also dann abgemacht, morgen Viertel nach zwei.«

»Ja, dann ist es dort recht ruhig. Sie müssen entschuldigen, ich habe das doppelte Pensum zu erledigen seit Werner … seit dem Tod von Herrn Baumann.«

»Kein Problem, also bis dann, auf Wiedersehen, Herr Mettler.«

»Auf Wiedersehen, Herr …«

»Roggenmoser. Walter Roggenmoser.« Wir verabschiedeten uns mit falschem Grinsen. Natürlich hatte ich keine Ahnung, wo der Widder war, aber das würde ich schon herausfinden. Ich fuhr nach Affoltern hinüber, zu Rita. Sie wohnte in einer recht deprimierenden Blocksiedlung in der Nähe des Zehntenhausplatzes.

Die Tür ihrer Wohnung war anscheinend schon repariert worden, sie sah auf alle Fälle unbeschädigt aus, als ich läutete. Rita öffnete und warf sich in meine Arme und weinte.

»Es ist alles so schrecklich, ich halte das nicht mehr aus!«, schluchzte sie. Was wollte ich dazu sagen, wahrscheinlich war es so. Mit Mühe gelang es mir, sie in die Wohnung zu schieben und die Tür hinter uns zu schließen. Wir standen in einem langen Gang, links und rechts gingen je zwei Türen ab.

Rita beruhigte sich wieder ein wenig.

»Bitte, erzähl mir, was passiert ist«, versuchte ich es, als sie mich, die Tränen abwischend, den Gang hinunter ins Wohn-Esszimmer führte. Rechts stand ein alter Tisch mit vier Stühlen, links ein Sofa, das mit einer Patchworkdecke zugedeckt war. Es war lange her, dass ich eine solche Decke gesehen hatte. Vielleicht hatte Rita sie selber gemacht, im Handarbeitsunterricht. Vor dem Sofa standen ein kleiner Glastisch und zwei Sessel, die nicht zusammenpassten. Es sah so aus, als hätte sich Rita die Möbel für ihre neue Wohnung aus dem Brockenhaus geholt. Wir setzten uns auf das Sofa, in das man einsank. Um nicht halb zu liegen, tat ich es Rita gleich und setzte mich auf die Vorderkante.

»Sie verdächtigen mich, stell dir das vor. Immer hacken sie auf mir herum, ich halte das nicht mehr aus.« Ritas Verzweiflung wich der Wut. Ich verstand nicht ganz.

»Kannst du dir das vorstellen? Als die Polizisten wegen dem Einbruch bei mir sind, sagen sie, dass sie sowieso vorbeikommen wollten, da in Werners Wohnung auch eingebrochen worden sei. Seine Eltern verweigern mir den Zutritt zur Wohnung, in der noch ein paar Sachen von mir sind. Sie haben doch tatsächlich der Polizei gesagt, dass sie sich vorstellen könnten, dass ich versucht habe, einzubrechen. Langsam habe ich genug von all dem!«

»Fehlt denn etwas bei dir?«, wollte ich wissen.

»Eben nicht, nur die Schränke waren durchwühlt, und alle Schubladen standen offen. Für die Polizei ein Indiz, dass ich den Einbruch bei mir selbst inszeniert habe, um den Verdacht abzulenken. Das Schloss war einfach abgewürgt, ich habe keine, wie heißt das, Manschette, nur ein Kaba-8-Schloss, weil die Kinder ständig die Schlüssel verlieren. Auch der Einbruch bei Werner war relativ primitiv ausgeführt worden. Keine Profiarbeit auf alle Fälle.«

»Schöne Scheiße«, sagte ich. Jemand suchte etwas, aber wer? Und was? Rita stand auf und holte zu meinem Erstaunen aus einer Jacke im Gang eine Packung Zigaretten. Wir gingen auf den Balkon hinaus, wo man eine trostlose Aussicht auf die grauen Nachbarblöcke hatte. Weit hinten schimmerte der grüne Wald. Rita steckte sich eine Parisienne Extra an. Ich nahm auch eine und brach den Filter ab.

»Was hat eigentlich Mettler von dir gewollt?«, fragte ich unvermittelt.

»Mettler? Ah, du meinst Manfred. Er bot mir seine Hilfe an, falls es etwas zu tun gäbe, umziehen, Bürokram oder so.« Sie wunderte sich gar nicht, woher ich wusste, dass sie ihn getroffen hatte.

»Und, gibt es etwas zu tun?«

»Nein, ich stand ja zu Werner in keiner offiziellen Beziehung. Nur die Sachen aus seiner Wohnung, sofern die Eltern sie rausrücken, muss ich abholen. Vielleicht kannst du mir dabei helfen.«

»Lass das mal Mettler machen«, gab ich zurück. Sie sah mich erstaunt an, und ich lächelte.

»Was weißt du über die finanziellen Verhältnisse Werners oder der Familie Baumann?«

»Nicht viel. Wir haben wenig über seine Familie gesprochen. Er hat mich nur einmal zu ihnen mitgenommen, und die Atmosphäre war eisig. Sie hassten mich, oder wenigstens kam es mir so vor. Die Mutter fragte mich ständig nach den Kindern und Bruno und ließ sich darüber aus, dass die Ehe etwas Heiliges sei. Ich habe mich seither geweigert, sie zu sehen, und wir haben auch nicht mehr groß darüber diskutiert. Werner sagte allerdings öfters, er müsse zuerst noch zu Hause vorbeischauen, und damit meinte er immer sein Elternhaus.«

»Und du weißt wirklich nicht, wie viel er verdiente, wie er den Hausbau finanzierte, ob seine Eltern reich sind?«

Rita schüttelte den Kopf, sie biss die Zähne zusammen, ich merkte, dass ich grausam war. Es war für Schweizer nicht leicht, so kurz nach dem Tod eines geliebten Menschen über dessen Geld zu reden. Es war schon zu Lebzeiten unschicklich. Wohl war es Brauch, ständig über die Arbeit zu sprechen, man signalisierte durch Statussymbole seine Zugehörigkeit zu einer bestimmten Preiskategorie, aber man sprach niemals über Einkommen oder Vermögen. Das zog sich durch alle Gesellschaftsschichten und politischen Ausrichtungen.

Wir drückten unsere Zigaretten in einem kleinen Tonaschenbecher aus, der sich ein verrostetes weißes Gartentischchen mit leeren Blumentöpfen teilte. Ich fragte mich, wozu man früher wohl die Balkone gebraucht hatte, als man noch drinnen rauchte. Wahrscheinlich, um die Bierkästen zu lagern, die Wäsche zu trocknen und die Fußballschuhe auszulüften. Wir gingen zurück in die Wohnung.

»Ich muss weiter«, sagte ich, obwohl von müssen keine Rede sein konnte. Das hatte ich von Frischknecht gelernt.

»Kannst du nicht ein paar Tage hierbleiben?«, fragte Rita verschämt. »Ich fühle mich so allein, Werner, Bruno, alle sind weg, es ist so ungewohnt!« Daran hatte ich nicht gedacht. Rita hatte, seit sie neunzehn war, immer mit jemandem zusammengelebt. Sie war es wohl nicht gewohnt, allein zu sein, obwohl ihre Kinder ja auch noch da waren. Aber ich konnte nicht. Erstens musste ich wirklich arbeiten gehen, und zweitens hatte ich keine Lust auf Familienleben. Ich musste allein sein, um nachzudenken. Ich versprach aber, mich bald zu melden.

Ich versuchte, die längste Straße der Stadt, die Wehntalerstraße, in möglichst kurzer Zeit entlangzuspurten, wurde aber von einem Rotlicht ausgebremst und nahm es von da an gemütlicher. Wahrscheinlich war die Straße so lang, damit man genug Zeit hatte, es sich anders zu überlegen, statt nach Affoltern hinauszufahren. Der Vorort gehörte zwar zur Stadt, aber mir war er immer fremd geblieben. Man fühlte sich eher wie in einer Banlieue, von wo die bösen Jungs herkamen. Was sie auch taten. Früher waren es die Teds, heute wohl eher die Hip-Hopper.

Als ich in der Post am Helvetiaplatz die Adresse des Widder suchte – er befand sich in einer kleinen Gasse in der Nähe der St. Peterskirche beim Paradeplatz –, fiel mir siedend heiß ein, dass ich ja morgen um Viertel nach zwei gar keine Zeit hatte. Vom Bau in den Widder, mit Umziehen und allem, das war verdammt schwierig. Es war nicht anzunehmen, dass wir ausgerechnet in der Innenstadt zu tun hätten. Fluchend fuhr ich durch den leeren Skaterpark bei den Schulhäusern an der Hohlstraße. Ich hatte Glück. Der Wiener stand vor der Schönau an einem der Stehtische.

»Hey«, grüßte ich ihn vom Fahrrad aus. Er nickte mir ziemlich unbestimmt zu, er war wohl nicht mehr ganz nüchtern. Ich schloss das Velo an den Zaun des Schulhauses, um niemanden in Versuchung zu führen, und manövrierte mich an drei herumtollenden Hunden vorbei zu ihm hinüber.

»A dog is a man's best friend – if he has got nothing else«, hatte der gute alte Johnny Cash einmal sehr richtig bemerkt. In dieser Gegend war es Sitte, sich Hunde zuzulegen, deren Körpergröße in umgekehrtem Verhältnis zum Zustand des Halters stand. Je tiefer gesunken Herrchen oder Frauchen, desto größer war der Hund.

»Zahlsch mer eis?«, begrüßte mich der Wiener. Ich nickte, der Kellner kam heraus, und ich bestellte eine Stange und ein Clausthaler. Die Gestalten an den Stehtischen versuchten ein paar Witze darüber zu machen, aber ich ließ mir nichts anmerken. Sie waren die beste Motivation dafür, die Finger vom Bier zu lassen.

»Kannst du mir einen Gefallen tun?«, fragte ich den Wiener, während er die Stange in einem Zug halb leerte.

»Was für einen?«

»Arbeiten. Kannst du für mich einen Job übernehmen?«

»Was für Arbeit?«

»Normale, seriöse Arbeit. Dachdecken. Firma Wegmüller.«

»Ha, auf dem Dach macht mir keiner etwas vor, das sage ich dir!« Er stürzte den Rest des Biers runter und hieb das leere Glas auf den Stehtisch. Der zauselbärtige, krumme Alte gegenüber nickte bestätigend. Wahrscheinlich nickte er immer, wenn jemand auf den Tisch schlug. Säufer stellen sich immer auf die Seite des Stärkeren.

»Also machst du es?«, versuchte ich den Schwung des Wieners für mich zu nutzen.

»Für wie lange?«

»Nur ein paar Tage, bis Ende nächster Woche vielleicht.« Die Frage, wie ich erklären würde, warum plötzlich jemand anders bei der Arbeit auftauchte, konnte mir dann zu gegebener Zeit den Schlaf rauben. Der Wiener dachte offensichtlich über etwas nach. »Was zahlen sie?«

Ich schaute auf dem Zettel von Frischknecht nach. »Fünfundzwanzig die Stunde.«

»Da lachen ja die Hühner!«, brummte der Wiener.

»Bitte, nur ein paar Tage. Es ist wichtig, es ist wegen der Sache mit Bruno, du wärst mir eine große Hilfe.«

Der Wiener wurde ernst, sah mich mit seinen vom Alkohol getrübten Augen direkt an. »Gut, wenn das so ist!«

Ich klopfte ihm erleichtert auf die Schulter. »Du bist ein Freund.«

»Jawohl, das bin ich, auf mich kann man sich verlassen. Prost.« Er hielt grinsend seine leere Stange hoch, und ich nickte der Bedienung zu.

Als er sein Bier hatte, stießen wir an.

»Hier! Das ist die Adresse der Bude. Ruf mich an, wenn etwas ist, oder du genug hast.« Ich reichte ihm den Zettel.

Der Wiener nahm ihn, ohne drauf zu schauen, und stopfte das Papier in die Tasche seiner Jeansjacke.

»Ich brauche aber einen Vorschuss«, sagte er schnell. Ich seufzte und hob abwehrend die Hände.

»Doch, ich muss auf der Arbeit essen und so. Bin knochenstier!«

Nach zähen Verhandlungen überließ ich ihm zweihundert Franken. Damit blieben mir noch ungefähr fünfzig Stutz. Das Geld vom Arbeitsamt kam normalerweise so um den Sechzehnten herum, war also seit zwei Tagen fällig. Es kam aber auch schon mal ein bis zwei Wochen später.

»Ich verlasse mich auf dich«, sagte ich noch einmal feierlich, drückte dem Wiener die Hand nach Töffbubenart und ging in den Quartierladen, um mir auf Kredit ein paar Lebensmittel zu holen. Ich wollte nicht in die peinliche Situation kommen, mich von Mettler zum Drink einladen lassen zu müssen, weil ich kein Geld hatte. Es war schwer vorauszusehen, wie das Gespräch verlaufen würde. Das Einzige, was ich wusste, war, dass es ein Problem gab, über das er lieber nicht auf der Bank reden wollte. Weil es eine persönliche Angelegenheit, ich ein vermeintlicher Freund war? Oder war Werner Baumann das Problem gewesen? Hatte er Geld unterschlagen? Vielleicht sollte ich etwas in der Richtung behaupten, um ihn aus der Reserve zu locken.

Ich ging extra früh zu Bett, um ausgeruht und frisch zu sein.

9

Als ich um neun Uhr erwachte, ging es mir nicht gut. Ich hatte die Nacht auf einer riesigen Baustelle geschuftet, irgendwo im feuchtheißen Dschungel. Ich war froh, nur geträumt zu haben, und hoffte gleichzeitig, dass der Wiener es geschafft hatte, pünktlich bei Wegmüller zu erscheinen. Mir blieb genug Zeit, auf dem Balkon die Zeitung zu lesen, einen Apfel zu essen und Tee zu trinken, ohne den zerknitterten Anzug zu ruinieren. Mettler wartete, deshalb versuchte ich mir eine Geschichte zurechtzulegen, aber mir fiel nichts Rechtes ein. Ich würde improvisieren.

Da es zu regnen begonnen hatte, nahm ich meinen Feldschlösschen-Schirm und fuhr mit dem Tram zum Paradeplatz. Langsam gewöhnte ich mich ans Anzugtragen. Ich bewegte mich gleich anders, hier an der Bahnhofstraße, die ich sonst nur mit dem Velo kreuzte.

Die ganze Anzug-Auto-Einfamilienhaus-Welt war mir fremd. Sie kam mir vor wie ein Spiel, bei dem sich alle gegenseitig versicherten, dass sie auf dem richtigen Weg waren, obwohl unterm Strich immer das Falsche herauskam. Man wollte sein wie die anderen, und darum machte man, was die anderen auch machten. Man hoffte, dass es wirklich das Richtige war, und redete es sich ein. Bis dann jemand den Teppich wegzog und alles zusammenkrachte. Die meisten suchten ein wenig Würze bei einer Geliebten, im Puff, im Suff, bei Pillen und Pulvern, in der Religion, in der Esoterik, im Sport oder sonst wo. Alles war eine Realität, die man akzeptieren konnte, oder über die man mit

Monika in Rothenbühlers Büro lächeln konnte, weil sie so wahr oder erfunden war wie irgendeine andere.

Unter solch philosophischen Gedanken trat ich in die düstere Realität des Widders. Es war fast zwei, ich hatte natürlich vergessen, ob Mettler Viertel vor oder Viertel nach gesagt hatte. Das große, hohe Lokal, die Bar eines Hotels, die Unmengen ausgesuchter Single Malt Whiskys feilbot, war ziemlich leer. Der Barmann trug eine gestreifte Weste und eine lange Schürze. Edel, der Schuppen. Sogar ein Piano gab es, im Moment stand es allerdings verlassen und ruhig da. Ich bestellte ein Perrier. Kurz darauf erschien Mettler, ob zu früh oder zu spät wusste ich leider nicht. Er trug einen hellen Regenmantel, den er sorgfältig an der Garderobe aufhängte.

»Salü Max«, grüßte er den Barmann. Offenbar war er öfter hier. Den Barmann mit Vornamen begrüßen zu dürfen war ein Privileg, das man sich erdienern und erbuckeln musste. Zumindest in den In-Bars. Die Methode der Barkeeper war, die Kundschaft lausig zu bedienen und als Störenfriede zu behandeln, bis auf etwa ein Zehntel der Gäste, die sofort und freundlich bedient wurden, ja, mit denen sogar geplaudert wurde, ungeachtet der wartenden Restkundschaft. In jenen erlauchten Kreis aufzusteigen war deshalb das erklärte Ziel aller In-Lokal-Besucher. Dieses Vorgehen ließ sich überall beobachten, im schäbigen Besetzer-Keller wie im edlen House-Club. Alle wollten irgendwo dazugehören. Und wenn das nur hieß, den Barmann mit Vornamen anreden zu dürfen. Mettler setzte sich zu mir an die Bar.

»Herr Roggenmoser, ich wäre froh, wenn Sie mir sagen würden, was Sie wirklich wollen.«

Damit hatte ich nicht gerechnet und nahm einen Schluck Perrier.

»Es gibt bei der Kantonalbank Regensdorf kein Depot auf den Namen Walter Roggenmoser.«

Ich sagte nichts, sondern sah Mettler an. Er wirkte sicherer als sonst, fast überheblich.

»Im Hauptsitz, wo ich gerade zu tun hatte, ist auch nichts über Sie bekannt. Sie sagten, Sie seien ein Schulkollege von Werner?«

»Na ja.« Ich musste mir Mühe geben, nicht rot zu werden, es war beschämend, so vorgeführt zu werden.

»Wohl eher nicht. Sehen Sie, ich bin zwei Jahre älter als er, wir kommen beide aus Weiningen, ich besuchte dieselben Schulen, machte dieselbe Lehre. Ich war immer zwei Klassen über ihm, ich war so eine Art Götti für ihn. Wären Sie mit ihm zur Schule gegangen, würde ich Sie kennen. Sie sind weder aus Weiningen und Umgebung noch sind Sie Bänkler. Es ist mir schon beim ersten Mal seltsam vorgekommen, aber ich hatte keine Zeit, darüber nachzudenken. Also, was wollen Sie, Roggenmoser?« Er stürzte seinen Espresso hinunter.

»Herausfinden, wer Werner Baumann erschlagen hat.«

»Aber das weiß man doch.« Mettler sah mich erstaunt, aber auch misstrauisch an. Vielleicht dachte er auch nur, ich hätte einen Vollknall.

»Da bin ich nicht so sicher. Werner Baumann war Ihr Freund, Bruno Krämer ist mein Freund. Wenn Bruno sagt, er sei es nicht gewesen, dann war er es nicht, verstehen Sie?« Ich ließ ihn gar nicht antworten. »Es kann doch auch ganz andere Gründe gehabt haben als ein Beziehungsdrama. Vielleicht ging es ja um Geld? Wie finanziert einer wie Baumann so ein Haus? Wohl kaum von seinem Lohn«, versuchte ich ein wenig an Terrain zu gewinnen und endlich meine Andeutung zu machen, von der ich mir so viel erhoffte.

»Nein.« Mettler lächelte, aber es sah irgendwie gequält aus. »Sie vergessen, dass Werner Anlageberater war. Die Börse boomt seit Jahren.«

»Na und?«, sagte ich, aber ich wusste, dass ich hier keine Punkte mehr holen würde. Die Niederlage schmerzte. Ich wollte so schnell wie möglich raus.

»Ist schon gut«, grinste Mettler, als ich den Barmann rufen wollte. »Ich lade Sie ein.«

»Merci«, sagte ich und verschwand. Was für ein Desaster. Nicht einmal der Stolz, mein Getränk selber zu bezahlen, war mir geblieben. Es war allerdings ein dummer Stolz, ohne den ich gut leben konnte. Mettler war ja nicht mein Verehrer.

Es hatte zu regnen aufgehört, deswegen merkte ich erst am Helvetiaplatz, dass ich meinen Schirm in der Bar stehen gelassen hatte. Die ganze Situation deprimierte mich unsäglich. Ich fragte mich, ob ich mich wohl noch dümmer hätte anstellen können. Mein Versuch, Bewegung in die Sache zu bringen, war vollkommen fehlgeschlagen. Bei Mettler war offensichtlich nichts zu holen, wahrscheinlich weil da nichts war. Ich gab mir eine letzte Chance, dort etwas zu holen, wo noch etwas sein konnte.

So zog ich mich zu Hause um, steckte den Satz Heiligenbilder ein, den mir eine Freundin aus Südamerika mitgebracht hatte, schwang mich auf den Renner und fuhr zum Hof der Baumanns hinaus. Unterwegs kaufte ich noch ein paar Süßigkeiten. Ich wollte ein Monster zähmen. Albert war aber nicht zu sehen, als ich auf den Hof fuhr. So stellte ich das Velo ab und schaute mich um.

»Hallo!«, rief ich. Er kam aus dem Stall, langsam und bedächtig. Es war nicht auszumachen, ob er mich erkannte oder nicht.

»Hat man Sie jetzt in Ruhe gelassen?«, fragte ich, um zu

zeigen, dass ich auf seiner Seite stand. Er schüttelte den Kopf.

»Hühnerdiebe!«, rief er. »Schleicher, Wegelagerer und Sittenstrolche. Sie wollen eindringen, aber ich stehe wie der Fels, und die böse Saat, sie wird nicht aufgehen.«

»Man hat versucht, bei Ihnen einzubrechen?«

Der Riese runzelte die Stirn, ich griff in die Jacke und zog eines der Bilder hervor. »Da, das ist ein guter Schutz!«

Er nahm das Bild, eines von Jesus am Kreuz, inmitten von Licht und Tauben, vorsichtig in seine riesigen Hände. Mir fiel erst jetzt ein, dass man hier wohl eher reformiert war, während der Bilderkult von den Katholen stammte. Aber der Riese schien da keine Unterschiede zu machen.

»Der Herrgott schützt uns«, nickte er. Ich gab ihm noch ein Bildchen, eins mit einer Madonna drauf.

»Da, behalten Sie die.« Seine Augen leuchteten.

»Ist die Mutter da?«, fragte ich. Jetzt oder nie.

Der große Mann steckte die Bilder vorsichtig in die Brusttasche seines blauen Arbeitskittels und nickte.

»Kommen Sie«, sagte er und führte mich ins Wohnhaus. Durch einen schmalen, dunkeln Gang gelangten wir in die Küche. Die Mutter saß am Tisch und rüstete Bohnen.

»Mueti, der Mann hilft uns«, stellte mich Albert vor.

»Was wollen Sie?«, fragte die Mutter, die von ihrer Arbeit aufsah. Sie sah müde aus, erschöpft und traurig.

»Den Mörder Ihres Sohnes finden!«, antwortete ich, obwohl ich etwas ganz anderes hatte sagen wollen. Sie schaute mich unbewegt an.

»Albert, lass uns alleine«, sagte sie schließlich, und der große Mann verließ die Küche. Er lächelte mir zu und legte die Hand auf seine Brusttasche. Ich lächelte zurück.

»Wollen Sie einen Most?«, fragte die Mutter und erhob sich.

»Gerne.«

»Ich möchte, dass Werner Frieden findet.« Ihre Stimme war leise und brüchig. Sie nahm ein Glas aus dem Küchenschrank und stellte es vor mich hin. Es war ein gelb-rot gemustertes Glas, in dem früher, tief in den siebziger Jahren, einmal Senf gewesen war. Das war, bevor man die Gläser dann mit Schlümpfen bedruckte. Man ging sorgfältig mit den Dingen um in diesem Haushalt. Sie nahm den Most, der in eine durchsichtige Bügelflasche abgefüllt war, aus dem Kühlschrank und goss mir ein. Ich bedankte mich artig und nahm einen Schluck. »Gab es denn Streit?«

»Immer gab es Streit«, seufzte sie. Es war offensichtlich, dass ihr Herz schwer war und dass sie niemanden hatte, mit dem sie reden konnte. »Wegen dem Geld, immer ging es ums Geld.«

Ich nickte. »Ich glaube, dass das auch der Grund ist, warum man Ihren Sohn umgebracht hat. Es war nicht der Mann, den sie verhaftet haben. Es ging um Geld.«

Wenn ich schon bei Mettler keine Punkte gewonnen hatte, so wollte ich wenigstens hier welche holen. Ich musste einfach so tun, als ob ich etwas wüsste.

»Himmel, es musste ja so weit kommen. Dabei war er so ein lieber und fleißiger Bub, mein Jüngster.« Eine Träne rann ihr übers Gesicht.

»Gewiss doch.« Ich ließ sie ein Weilchen weinen. »Erzählen Sie mir einfach alles der Reihe nach«, munterte ich sie sanft auf.

»Dazu ist keine Zeit, wenn der Vater von der Arbeit kommt, müssen Sie fort sein. Er will nicht, dass Fremde sich einmischen. Das sei eine Sache, die nur die Familie und den Herrgott etwas angeht, sagt er. Der Herr werde wohl wissen, warum er uns so straft.«

»Ihr Mann arbeitet?«

»Ja, er muss ja wieder. Das Geld vom Landverkauf ist alles weg, und der Hof, der wirft doch nichts mehr ab, das reicht grad, um den armen Albertli zu ernähren.« Sie weinte wieder. Ich begann zu kombinieren.

»Hat Ihr Sohn, hat Werner das Geld …?« Sie nickte und sah mich Hilfe suchend an.

»Wenn man nicht einmal mehr dem eigenen Sohn vertrauen kann, und er war doch bei der Bank. Wir haben das Geld immer auf dem Sparkonto gehabt. Der Vater hat schon das nicht gern gesehen, am liebsten hätte er es noch unter der Matratze gehortet, er hat den Banken nie getraut. Aber der Hof und das Land, das ist von meiner Familie gekommen. Ich habe immer unser Geld verwaltet und wohl nicht schlecht, bis mich Werner dann überredet hat.«

»Zu was hat er Sie überredet?«

»Zum Investieren. Zuerst habe ich ihm nur wenig gegeben, und er hat es mir tatsächlich mit Zins und Zinseszins zurückgegeben. Fast verdoppelt hat er es. Da hab ich ihm vertraut und mehr Geld gegeben. Er hat mir immer die Auszüge gezeigt, mehr und mehr ist es geworden. Ich habe doch gedacht, der Albertli, wenn ich nicht mehr da bin, dann muss jemand für ihn sorgen, und das ist teuer. Er sollte doch nicht wieder in die Spinnwinde gesteckt werden. Die anderen Kinder, die kommen schon zurecht.« Sie schluchzte leise.

»Jetzt ist alles weg, nur das Haus gehört uns noch. Das wollte ich nie beleihen, obwohl Werner das vorgeschlagen hat. Aber Schulden darf man nicht machen. Schulden, Schnaps und Politik kommen mir nicht unter dieses Dach. Und trotzdem. Der Vater muss jetzt wieder arbeiten, mit sechzig. Und die Kinder sind mir böse, sagen, ich hätte den Werner immer bevorzugt, dabei wollte ich doch nur das Beste für alle.« Ich ließ sie weinen.

»Wie ist denn das gegangen, wieso war denn plötzlich alles weg?«

»Davon verstehe ich doch nichts, zuerst hat er gesagt, das sei nur eine Schwankung, aber anscheinend hat er sich verrechnet.«

»Hatte er denn irgendwelche Sachen hier, Papiere, Unterlagen oder so etwas.«

Sie schluchzte. »Ich weiß es nicht, aber vor ein paar Wochen hat er Ordner mitgebracht. Es ist alles oben in seinem Zimmer.«

»Dürfte ich die sehen?«

Sie nickte und ging vor mir her durch das düstere Treppenhaus. Sie öffnete eine Tür im obersten Stock. Das Zimmer sah aus wie das eines Teenagers. Ein billiges Pult, ein schmales Bett, abgeschrägte Wände und ein Schrank, der mit Abziehbildern tapeziert war. Vielleicht hatte Werner schon Sticker dazu gesagt. An der Wand hing ein Plakat von einem Düsenjäger und eins von einem Cockpit. Das Zimmer war sauber und aufgeräumt, als wohne noch jemand darin.

Auf dem Pult lagen vier Ordner. Ich schaute kurz hinein. Blätter voller Zahlen, Verzeichnisse, Namen.

»Kann ich die mitnehmen?«, fragte ich.

»Sind das die Sachen, die der andere Herr gesucht hat? Ich habe ihm gesagt, dass nichts mehr von Werner hier ist.« Sie sah mich an, als schauere sie bei dem Gedanken, gelogen zu haben.

»Vermutlich schon.«

»Das ist ganz ein schlechter Mensch.«

»Kennen Sie ihn?«

»Nein, aber das hab ich sofort gespürt.«

Ich wollte lieber nicht wissen, was sie bei mir spürte, klemmte mir die Ordner unter den Arm, verabschiedete und bedankte mich herzlich und versprach, mich zu melden, sobald ich mehr wüsste.

»Bhüet Sie Gott. Adie wohl!« Frau Baumann gab mir die Hand und drückte sie, sie hatte schon wieder Tränen in den Augen.

Verlegen machte ich mich davon.

Weil mein Velo keinen Gepäckträger hatte, musste ich die Ordner mit einer Hand zwischen der oberen Rahmenstange und dem Sattel festklemmen und gleichzeitig das Velo stoßen. Es war nicht einfach. Im nächsten Coop kaufte ich zwei Papiersäcke, in die ich je zwei Ordner stellte. So konnte ich die ganze Ladung auf den Rücken nehmen, mit der Linken die Tütengriffe haltend. Nicht sehr bequem, aber es ging knapp. Es gelang mir jedenfalls, mich mit meiner Fracht einhändig durch den aufkommenden Feierabendverkehr zum Idaplatz zu schlängeln. Die Vorzimmerdame Monika telefonierte nicht, sondern grinste, als ich hereinkam.

»Ach, der Herr Köbi, gefällt's Ihnen so gut bei uns?« Woher sie meinen Vornamen kannte, wusste ich nicht.

»Ich mache gerade Feierabend.«

»Ist Herr Rothenbühler noch da?« Sie schüttelte den Kopf. »Bedaure, der Chef war heute am Gericht und kommt erst morgen wieder. Was wollten Sie denn von ihm?«

»Ihm etwas zur Aufbewahrung und wenn möglich zur Bewertung dalassen.«

»Was denn?«

»Diese Ordner hier.« Ich stellte die beiden Papiersäcke auf ihren Tisch.

»Was ist denn da drin?« Sie wartete nicht, bis ich es ihr sagte, sondern stand auf, nahm einen der Ordner aus dem Sack und blätterte darin.

»Banksachen«, beschied sie und sah mich erwartungsvoll an.

»Ja«, sagte ich und wusste nicht weiter. »Meinen Sie, ich kann die hier lassen?«

»Na ja, warum nicht?« Ehe sie den Ordner zuklappte, zog ich ihn zu mir hinüber und entnahm ihm ein paar Blätter.

»Was wollen Sie denn damit?«

»Jemandem auf den Zahn fühlen.«

»Klingt gut, aber lassen Sie die Sachen zusammen, wenn Sie nicht wissen, was es ist. Ich mache Ihnen Kopien.« Woher sie jetzt auch schon wusste, dass ich keine Ahnung hatte, was in den Ordnern war, verwirrte mich fast mehr als unsere lächerliche Siezerei.

Heute trug sie einen Pulli, der nicht ganz so unförmig war, und enge, schwarze Jeans. Als sie aufstand, sah ich, dass sie groß und recht stämmig war, sie hatte etwas Bodenständiges. Ich kam nicht umhin, ihr nachzuschauen, während sie am Kopierapparat hantierte. Sie entsprach vielleicht nicht ganz dem gängigen Schönheitsideal, aber sie hatte eine reizvolle Ausstrahlung. Und einen schönen Arsch.

Sie stellte den Kopierer ab und legte die Originale zurück in den Ordner. Mir gab sie die Kopien.

»Da«, sagte sie und »Nichts zu danken«, ehe ich genau das tun konnte. Sie zog eine schwere Lederjacke an, die neben der Tür gehangen hatte.

»Gehen wir noch etwas trinken?« Sie musste mich meinen.

»Gern«, sagte ich.

Wir gingen ins El Internacional hinüber, das um diese Zeit noch angenehm leer war. Wir setzten uns an eines der wenigen Tischchen, und ich ging die Getränke holen.

Einen Weißwein für sie, für mich ein Heidiwasser. Wir stießen an.

»Darf ich Monika zu dir sagen?«, wagte ich zu fragen.

»Mónica, nicht Mooonicka.« Sie sprach das schweizerische K aus, als müsste sie kotzen. Mit Mühe verkniff ich mir den Ziehharmonika-Scherz, der damit zu tun hat, Monikas an ihren Haaren zu ziehen. Erstens fand sie das vielleicht nicht so lustig, und zweitens hieß sie ja gar nicht Monika.

»Woher kommt denn, Mónica?«, fragte ich, weil mir nichts Besseres einfiel.

»Aus Spanien kommt das«, sagte sie, »wie ich. Aus Asturien, meine Eltern sind von dort. Ich lebe, seit ich sechs bin, in der Schweiz, in Dübendorf, genau genommen. Weißt du, wo das ist?«

»Dübendorf? So ungefähr«, antwortete ich.

»Ich meine Asturien, Trottel!« Sie schlug mich gegen den Oberarm. Es tat weh, sie war stark.

»Aber sicher, El príncipe de Asturias, das Asturische Prinzip, wer kennt das nicht?«

Sie überhörte den dummen Scherz und sah von weiterer körperlicher Züchtigung ab. »Sag bloß, du warst schon mal dort?«

»Leider nicht, in Spanien war ich früher des Öftern, aber nie im Norden.«

Dafür mal im Gefängnis, weil ich mit einer Autostopperin, die eine Ladung Hasch dabeihatte, unterwegs war. Sie konnte glaubhaft versichern, dass es mein Hasch war. Aber das war lange her. Mir wurde schmerzhaft bewusst, wie lange ich schon nicht mehr gereist war. Sobald ich wieder Geld hatte, würde ich nach Spanien reisen.

Mónica schien meine Gedanken zu erraten.

»Fahr mal in den Norden, es ist wirklich schön dort,

ganz anders als im Süden. Wir sind ja eher Kelten als Latinos.«

So kamen wir auf die spanischen Regionen und aufs Reisen. Darauf, wo es schön wäre zu leben oder zumindest mal eine Zeit zu bleiben, und auf die Gründe, warum wir immer noch hier waren.

Der Laden füllte sich langsam, und es wurde laut.

»Gehen wir noch was essen?«, fragte Mónica.

»Warum nicht«, stimmte ich zu, ehe mir meine desolate finanzielle Situation einfiel. »Obwohl ich im Moment blank bin, vielleicht ...«

»Ich lade dich ein.« Sie rettete mich vor dem Vorschlag, an der Longstreet-Würstlibude eine Portion Fritten zu essen. Stattdessen gingen wir in die Pizzeria im Scientologenhaus. Wir unterhielten uns sehr angeregt und ließen alles aus, was Arbeit betraf. Wenn sie auch in der Schweiz aufgewachsen war, hatte Mónica anscheinend noch nicht alle unsere Angewohnheiten angenommen. Vor allem nicht dieses öde und langweilige Ständig-über-die-Arbeit-Reden. In Spanien redete man nie über die Arbeit. Man vermutete, dass wohl alle einer mühseligen und beschwerlichen Tätigkeit nachgehen mussten, um ihren Lebensunterhalt zu bestreiten. Man war froh, wenn man Ruhe davor hatte, und wollte nicht noch am Feierabend darüber reden. Welch ein Unterschied zu hier.

Mónica staunte, dass ich keinen Wein und kein Bier trank, und ich erklärte ihr, dass es sich um ein Gelübde handle.

»Du bist aber kein Mönch oder so?«, fragte sie. Ich verneinte. Sie bezahlte die Rechnung und wir traten vor das Lokal.

»Gehen wir noch zu dir?«, fragte sie.

»Was?«, entfuhr es mir ungläubig.

»Ich weiß. Eigentlich heißt das, gehen wir noch zu mir, und du müsstest es fragen, aber da du es nicht tust und ich im Moment wieder bei meinem Vater wohne, in Dübendorf wohlgemerkt, frage ich, ob wir noch zu dir gehen. Mehr nicht, ich hab einfach keine Lust, jetzt alleine heimzugehen. Du brauchst keine Angst zu haben, falls du doch ein Mönch bist.«

Ich staunte. Diese jungen Frauen.

»Okay, gehen wir zu mir. Ich wohne ganz in der Nähe und habe einen schönen Balkon.«

»Na also!«, sagte sie, und wir gingen die Langstraße hinunter. Sie hängte sich bei mir ein.

»Schöne Gegend«, sagte sie und wich einem Haufen Erbrochenem aus. Die Prostituierten, Freier, Säufer und Junkies besah sie mit Interesse. Mir fielen sie schon gar nicht mehr auf.

Zu Hause rauchten wir auf dem Balkon einen Joint und schauten den Zügen zu. Mónica blieb die Nacht über und raubte mir auf schweißtreibende Art den Schlaf. Ich ließ es gern geschehen.

10

Am nächsten Morgen hörte ich sie schimpfen und rasch aufstehen. Es war neun Uhr. Sie hatte verschlafen. Um nicht im Weg zu stehen und nichts durch dumme Redensarten zu verderben, drehte ich mich noch einmal um und tat, als würde ich tief schlafen. Was gibt es Schöneres, als weiterschlafen zu können, wenn jemand aufstehen muss? Nicht aus Schadenfreude, nein, einfach weil man es für einmal besser hat. Kommt ja selten genug vor. Gegen zehn kroch ich aus dem Bett und streckte mich.

Ich hatte nichts zu essen im Haus. Egal, in meinem Bauch rumpelte es wohlig. So trank ich denn Tee, auf dem Balkon, weil es – Oh Wunder! – schon wieder nicht regnete. Es war ein richtig schöner Frühherbst. Damit sich die Leichtigkeit in meinem Körper nicht verflüchtigte, beschloss ich, nicht darüber nachzudenken, was letzte Nacht nun wirklich passiert war.

Ich zog mich an und ging die Langstraße hinauf zur Post. Ich kaufte in der Papeterie ein großes Kuvert und ging zum Postomat, um nachzuschauen, wie es um mein verfügbares Guthaben stand. Es stand gut. Das Geld vom Arbeitsamt war gekommen. Heute war doch wirklich ein prächtiger Tag, ich fühlte mich so gut wie schon lange nicht mehr, und zog dreihundert Franken aus dem Automaten. Ich ging auf den Markt am Helvetiaplatz, um mich mit Früchten einzudecken. Eigentlich konnte ich es mir ja nicht leisten, aber mir war nach Beeren und Feigen. Mir fiel ein, dass ich mein Velo bei der Pizzeria hatte stehen lassen aus lauter Verblüffung über Mónicas Vorschlag. Ich holte es ab und fuhr nach Hause, wo ich mir Brombeeren als zweites Frühstück einverleibte. Mir wurde bewusst, dass eine solche Perfektion der Umstände, die einem eine derartige Vielfalt der Genüsse bescherte, nur selten kam im Leben, und ich genoss jede Sekunde. Es würde nicht ewig dauern, ich hatte zu tun. Eine kleine Radfahrt würde mir nicht schaden. Die Sonne schien, es war noch fast sommerlich, aber nicht mehr so heiß. Ich packte ein paar Dinge ein und fuhr schneller als üblich zur Kantonalbank in Regensdorf. Ja, ich flog geradezu zum Bucheggplatz hoch. Diesmal würde ich Mettler etwas bieten. Ob es ihm schmecken würde, war allerdings eine andere Frage. Diesmal fühlte ich mich gut und selbstsicher, einerseits wegen der Unterlagen, die sicher etwas zu bedeuten hatten, anderseits wegen des Kribbelns im Bauch, dem Duft von Mónica, von dem ich hin und wieder einen Hauch zu spüren glaubte.

An der Busstation gegenüber der Bank bezog ich Stellung. Von dort hatte ich den Haupt- und den Seiteneingang im Auge. Ich trug eine Sonnenbrille, eine Mütze und hatte den *Blick* dabei. Das Velo neben mir an ein Mäuerchen gelehnt, hockte ich auf dem braunen Bänklein. Um Viertel vor zwölf kam Mettler heraus, dunkelblauer Anzug, eine Sporttasche in der Hand. Ich hielt mir die Zeitung vors Gesicht. Da ich gerade noch darin gelesen hatte, passierte es mir nicht, dass ich sie verkehrt herum hielt. Ich kam mir trotzdem lächerlich und auffällig vor. Mettler hatte aber keine Augen für seine Umgebung.

Wie unschwer zu erraten war, ging er ins Fitnesscenter. Und weil ich ein raffinierter Schnüffler war, hatte ich mein Turnzeug diesmal dabei. Mein Turnzeug und das Kuvert mit den Kopien. Der Eintritt würde mein Budget weiter strapazieren. Egal, ich war ja wieder bei Kasse und hatte mehr als nur meinen letzten Fünfziger, den ich Mónica verschwiegen hatte. Ohne eiserne Reserve wäre ich verdammt nervös geworden, ich hätte die Pizza nicht heruntergebracht. Irgendwo hatte ich mal gelesen, dass man einer Frau nie genau sagen sollte, wie viel Geld man besaß. Wahrscheinlich eine dieser Blödsinnsweisheiten, die sich beim ersten Mal gut anhörten. Immerhin war ich damit nicht schlecht gefahren. Auf alle Fälle würde ich mich revanchieren und Mónica zum Essen einladen.

Ich gab Mettler zehn Minuten Vorsprung, in denen ich kurz durch die Do-it-yourself-Abteilung der Migros streunte, die gleich neben dem Eingang zum Fitnesscenter lag. Nicht, dass ich etwas brauchte, aber ich konnte stundenlang Werkzeug bestaunen, das ich nicht zu bedienen wusste. Hätte ich Geld gehabt, hätte ich wahrscheinlich einen Haufen Hobel und Feilen, Gewindeschneider und Messgeräte gekauft, nur um sie anzuschauen und ab und zu in die Hand zu nehmen. Mit einem Hobel in der Hand durch die eigene Wohnung zu gehen, musste herrlich sein.

11

Es war Zeit, Mettler nachzusteigen. Ich zog mich um und ging an der Glasscheibe vorbei, hinter der Rita letztes Mal ihre Hüpfstunde gehabt hatte. Ich sah nicht hinein. Es ist ja so, dass man immer dann erkannt wird, wenn es einem nicht passt, während man nicht erkannt wird, wenn man es gern hätte. Mettler war in eine Maschine eingespannt und bewegte mit den Beinen Gewichte auf und ab.

»Guten Tag, Herr Mettler, ich habe was für Sie.« Ich ließ das Kuvert mit den Kopien auf seinen Bauch fallen. Wenn man Bauch zu den wohlgeformten Muskeln sagen konnte, die sich unter dem engen Trikot abzeichneten.

»Was zum ...« Er ließ die Gewichte sausen, es krachte und schepperte. Er löste sich aus seinem Gurt. Die Mitfitter schauten herüber, ohne ihre Übungen zu unterbrechen.

»Von Ihnen hab ich jetzt wirklich langsam genug«, schnaubte Mettler und griff nach dem Kuvert.

»Schauen Sie nur hinein, ich schenke es Ihnen.«

Er riss die Kopien heraus, sah sie an und wurde still. »Woher haben Sie das?«, fragte er.

»Wo ist der Rest, soll das wohl heißen?«, grinste ich.

»Kommen Sie, nicht hier ...« Er stand auf und ging vor mir her zu den Schwimmbädern hinunter.

Wir gingen auf die Liegewiese hinaus. Obwohl die Sonne noch immer schien, war es doch nur etwa fünfzehn Grad warm, ich fror in meinen kurzen Turnhosen und meinem

T-Shirt. Mettler, der verschwitzt war, nahm eine Trainerjacke aus seiner Tasche, die er mitgenommen hatte.

»Was wollen Sie eigentlich? Was stänkern Sie hier herum?«, fragte er. Jetzt war er nicht mehr so selbstsicher wie im Widder. Das gefiel mir.

»Ich will wissen, wer Werner umgebracht hat. Er hat doch einen Haufen Kohle verloren?« So viel konnte ich mir zusammenreimen aus dem, was seine Mutter erzählt hatte.

Mettler schloss einen Moment die Augen. »Ja, das stimmt. Aber das ist doch absurd. Die beiden Sachen haben doch nichts miteinander zu tun.«

»Ich glaube aber doch!« Die Sonne wärmte mich nun doch ein bisschen, ich fühlte mich leicht und gut. Mettler war bleich geworden, er schien mit sich zu ringen, kaute auf seiner Unterlippe.

»Hören Sie, wenn Sie die Originale dieser Unterlagen wollen, dann erklären Sie mir die ganze Geschichte haarklein. Nennen Sie mir alle Beteiligten, alle, die Verluste erlitten haben, alles, was Sie wissen! Ich suche nur den Mörder, was sonst in den Papieren steht, ist mir egal. War ja nicht mein Geld.«

»Das dauert aber ein paar Tage, bis ich alles zusammenhabe«, erwiderte Mettler schließlich bedrückt.

»Heute ist Freitag. Sie haben bis Montagmorgen Zeit!«

Er wollte etwas einwenden, hob die Hände und sah mich an, dann ließ er sie wieder sinken.

»In Ordnung, ich werde Sie anrufen«, lenkte er ein.

»Nein, ich werde Sie anrufen.« Er brauchte meine Telefonnummer nicht zu kennen.

Wir gingen zurück ins Fitnesscenter. Wie um meine vorherigen Überlegungen bezüglich Erkanntwerden zu bestätigen, kam Rita aus der nur von innen zu öffnenden Glastür. Sie sah uns und kam erstaunt herüber.

»Jakob? Was machst du denn hier? Manfred? Ihr kennt euch?«

»Na ja«, sagte ich und versuchte eine abweisende Grimasse zu schneiden. Mettler sagte nichts, sah mich aber scharf an.

»Ich habe aber jetzt gar keine Zeit, meine Stunde …« Was für ein Glück, Rita eilte davon.

»Jakob?«, fragte Mettler.

»Für Sie immer noch Herr Roggenmoser«, sagte ich freundlich, aber bestimmt. »Wir sehen uns dann am Montag.« Ich drehte mich um und ging in den Kraftraum hinauf. Wenn ich schon Eintritt bezahlt hatte, wollte ich das auch ausnutzen. Mettler hatte anscheinend die Lust verloren, ich sah ihn jedenfalls nicht mehr.

Als Erstes lief ich ein paar Minuten auf dem Rollband. Der Neigungswinkel und die Geschwindigkeit ließen sich beliebig verstellen. Das war ziemlich lustig, ich drückte begeistert auf die verschiedenen Knöpfe und fiel beinahe hin. Die ausdauernden Läufer auf den Bändern neben mir blickten hin und wieder verächtlich herüber. Sie hatten einen Parcours eingestellt. Wie das ging, hatte ich noch nicht begriffen, aber bevor ich es herausfinden konnte, hatte ich auch schon genug. Meine Form ließ wirklich zu wünschen übrig. Nach einer Verschnaufpause fuhr ich mit dem Hometrainer ein paar viereckige Hügel hinauf. So wurden sie zumindest auf dem Leuchtdioden-Display dargestellt.

Schließlich setzte ich mich an die Rudermaschine. Auf dem Bildschirm sah man den Gegner, dessen Ruderer ab und zu von Haien dezimiert und dann per Hubschrauber nachgefüllt wurden. Ich gewann mit zwölf Längen Vorsprung. Allerdings auf einer sehr niedrigen Stufe. Danach fand ich ein Gerät, bei dem man die Füße einspannen und sich kopfüber aufhängen konnte. Zum Spaß setzte ich mich auch noch an die Kraftmaschinen und bewegte ein paar Fliegengewichte.

Ältere Herren stemmten mächtig Eisen, wobei sie rot anliefen und keuchten. Zwischendurch wischten sie sich den Schweiß ab und redeten über ihre Leistungskurve.

Wohlgeformte junge Männer in den engen Short-Trikots, die alten Badekleidern glichen, führten Hausfrauen, die ihr Idealgewicht, einen straffen Körper oder auch einfach ein wenig Abwechslung suchten, in ihr individuell zusammengestelltes Programm ein.

Die braun gebrannten Frauen, die sich in ihren Tanga-Trikots stählten, erschienen mir seltsam steril und überhaupt nicht begehrenswert, obwohl sie auf Idealmaße getrimmte Körper hatten. Man sah zu deutlich die Anstrengung, die dahintersteckte. Mónicas ungestüme Wucht hingegen saß mir noch in den Knochen und ließ mich lächeln.

Um den Nachmittag abzurunden, ging ich noch ins Dampfbad, wo ich in den Ruhepausen endlich die Frauen- und Muskelmagazine lesen konnte. Am Schluss setzte ich mich in das Solebad, das wie ein brodelnder Kochtopf aussah und auch fast so warm war. Wenn die Sirene ertönte, musste man eine Massagedüse weiterrücken. Und wehe, man tat es nicht augenblicklich. Die Erholung und die Körperpflege wurden in diesem Laden ernst genommen. Wer nicht rückte, wurde gerügt.

Rita sah ich nicht mehr. Mit geröteten Augen, als ob ich drei Tage durchgekifft hätte, verließ ich das Fitnesscenter. Jetzt würde alles gut werden. Dachte ich.

Obwohl ich von der Sache ja wenig verstand, hoffte ich doch, dass die Ordner belegten, dass Werner in unschöne Geschäfte verwickelt gewesen war. Da musste etwas drinstehen in diesen Unterlagen, sonst hätte er sie nicht bei seinen Eltern versteckt. Ich hoffte, dass Mettler die Sache erklären konnte. Angesichts seiner privaten und geschäftlichen Beziehung zu Werner wäre es verwunderlich gewesen, wenn er von dessen Anlagen nichts gewusst hätte. Es stimmte ja, dass die Börse boomte, aber trotzdem flogen immer wieder ein paar auf die Schnauze. Manchen waren die Gewinne eben nicht hoch genug, das Geld kam nicht schnell genug herein. Ich konnte mir gut vorstellen, dass sich der Anlageberater von Regensdorf nach ein paar Erfolgen als Master of the Universe sah und sich dann irgendwo die Finger verbrannte. Vielleicht lag sogar dort das Mordmotiv. Ein Kunde, der sich um die Früchte eines arbeitsreichen Lebens geprellt sah. Einer, der plötzlich arm war, statt endlich reich.

Bruno mochte ja hin und wieder spinnen, aber es war doch unwahrscheinlich, dass er sich zu Hause volllaufen ließ, dann Baumann auflauerte und ihn erschlug. Wenn man spinnt, muss es schnell gehen. Man geht auf den Nächstbesten los. Man läutet Sturm, tobt, wirft Fenster ein, zerstört Autos, irgend so was. Dann fragte ich mich, ob Werner Baumann am Ende von seinem eigenen Bruder erschlagen worden war. Hatte der nicht gesagt, man müsse das kranke Glied abhacken, ehe der ganze Körper verdirbt? War Albertli gar nicht so beschränkt? Hatte er die Mutter weinen sehen? Ahnte er, dass Werner daran schuld war? Kraft genug hatte er ja. Die Tatzeit sprach jedoch dagegen, ich vermutete, dass Albertli nachts um elf im Bett lag. Um mein Gehirn tüchtig zu durchbluten, fuhr ich die steile Hauptstraße zur Jägerburg hinauf.

Da ich zum Schluss gekommen war, dass ich bis zum Montag nichts Nützliches unternehmen konnte, läutete ich das Wochenende ein. Auch als Arbeitsloser durfte man sich nicht gehen lassen und vergessen, was für ein Wochentag war. Freitagnachmittag, Zeit, die Dinge ruhen zu lassen. Auf dem Balkon ließ ich mir ein paar Käsebrote schmecken. Die Züge quietschten hin und her, zwei Häuser weiter stand der junge Mann auf, der immer laute Araber-Discomusik hörte. Meist war die Musik gut, manchmal verirrte der Typ sich allerdings in Italo-Schnulzen. Heute aber waren die Araber dran. Wenn es überhaupt Araber waren.

Angeregt von der sportlichen Betätigung des Tages, räumte ich die Wohnung auf. Dazu hörte ich die CD, die ich auf dem Flohmarkt gekauft hatte. Sie war erfreulich gut, Aufräummusik aus aller Welt: Tex-Mex, Klezmer, Country, finnische Gesänge, keltisches Gefiedel, Cajun und anderes Gesummse und Gequetsche. Was wollte man mehr? Die Arbeit ging mir leicht von der Hand, denn ich hatte einen Grund aufzuräumen: Vielleicht bekam ich ja Besuch. Von Mónica.

Es war noch nicht sechs Uhr, da läutete es an der Tür. Ich bekam Besuch. Von Mónica. Ihr Aufzug, schwarze Lederhosen und braune Lederjacke, begeisterte mich, noch ehe ich verstand. Sie hatte zwei Helme an den Arm gehängt.

»Komm, wir machen einen Ausflug«, sagte sie, nachdem sie mich geküsst und gedrückt hatte. Was für ein Duft, was für ein Arsch.

»Etwa mit einem Motorrad?«

»Sicher, es steht unten. Zieh dich warm an und pack deine Zahnbürste ein, ich will aufs Land.«

Widerstand war zwecklos, also gehorchte ich brav. Meine Lederjacke hatte ich auf dem Estrich eingemottet. Sie stammte aus der Zeit, in der man auf Maß geschneiderte Jacken trug, die aus autonomen Werkstätten in Berlin oder Hamburg stammten und allerlei listige Taschen hatten. Ich hatte sie schon länger nicht mehr getragen und musste sie suchen. Dann war ich bereit.

Ihr Motorrad war groß und schwer. Wir quälten uns zur Stadt hinaus, dann kurvten wir über die Hügel, den Bergen zu. Ich musste mir eingestehen, dass es mir gefiel. Obwohl ich über Motorradfahren, die Fahrer und Fahrerinnen so meine Ansichten hatte. Ich beschloss, sie für mich zu behalten.

Wir fuhren über Kappel, am Zugersee und am Vierwaldstättersee entlang, auf der Landstraße durch Uri auf die Furka. Im Hospiz nahmen wir uns ein Zimmer. Es gab sogar noch etwas zu essen. Bratwurst mit Rösti und Bier. Eigentlich wollte ich ja kein Bier trinken, aber Mónica sagte: »Tu nicht so.«

Also tat ich nicht so. Vom kleinen, mit Holz ausgekleideten Zimmer sah man den Mond und den Sternenhimmel. Das Leben war schön, das Bett unbequem, und in der Nacht wurde es kalt. Am Morgen schien dafür die Sonne durchs Fenster, und wir waren hoch oben und glücklich.

Wir fuhren wieder nach Göschenen hinunter, dann über den Susten auf die Grimsel, wo wir uns am frühen Nachmittag einquartierten. Wir wollten eigentlich spazieren gehen, fanden uns aber im alten Himmelbett wieder, das ungesunde Geräusche von sich gab. Gegen Abend spazierten wir dann doch noch ein bisschen herum.

»Ich habe einen Freund in Spanien«, sagte Mónica plötzlich.

»Ich auch«, antwortete ich, denn ich hatte einen Freund, der in Spanien wohnte. Sie hatte nicht das gemeint.

»Trottel!«, sagte sie. »Du weißt schon, was ich meine.« Natürlich wusste ich, was sie meinte, und es war mir weniger gleichgültig, als mir lieb war. Ich hatte mich schon mit ihr durch den Norden Spaniens fahren sehen, auf ihrem Motorrad.

»Manchmal mache ich eben so Sachen.« Sie kaute auf ihrer Unterlippe und sah mich an.

»Zum Glück«, sagte ich und küsste sie.

Wir ließen das Thema und gingen essen. Es blieb uns nichts anderes übrig, als den Augenblick und unsere gemeinsame Zeit zu genießen. Und das taten wir dann auch.

12

Am Sonntagmorgen regnete es in Strömen. Es war schwer, das Himmelbett zu verlassen.

»So ein Töff ist doch etwas furchtbar Unpraktisches«, sagte ich beim Frühstück, »wenn es regnet.«

»Trottel!«, sagte Mónica und warf einen angebissenen Gipfel nach mir.

Sie erlaubte mir dann aber doch, mit dem Postauto und dem Zug nach Hause zu fahren. Wir versprachen, uns bald zu treffen. Während des Zugfahrens aß ich eine Tafel Lindt-Nussschokolade und las einen Haufen Zeitungen und Heftli. Das Leben war schön, und ich war mir plötzlich sicher, gleich morgen herauszufinden, wer Werner Baumann umgebracht hatte. Bruno jedenfalls nicht!

Es war nach fünf Uhr, als ich mit dem Lift zu meiner Wohnung hochfuhr, ich wollte gerade aufschließen, als mir von hinten eins übergezogen wurde.

»Kein besonders harter Schlag«, dachte ich noch, ehe ich in die Knie sackte und vornüberkippte. Es gelang mir gerade noch, den rechten Ellbogen vors Gesicht zu reißen, damit ich nicht auf die Visage fiel. Jemand setzte sich auf meinen Rücken und versuchte, die rechte Hand mit den Schlüsseln, die unter meiner Brust lag, hervorzuziehen. Mit der anderen Hand wurde mein Gesicht auf den Schuhabstreifer gedrückt. Der war noch von meinem Vorgänger, und ausgeklopft hatte ich ihn nie. Ab sofort würde ich das regelmäßig tun. Ich machte mich schwer und schrie. Mein Angreifer drehte weiter stumm an meinem Arm. Ich umklammerte die Schlüssel und schrie weiter. Hinter der Tür meines Nachbarn hörte ich eine Stimme. Das Gewicht auf mir ließ nach, und ich erhielt noch mal eins auf den Schädel. Der Effekt war ungefähr so, als ob Han Solo auf Lichtgeschwindigkeit umschaltet. Die Sterne leuchten hell, und dann ist man weg. Ich hörte noch Schritte und das Schlagen der Lifttür. Entweder war der Angreifer geflüchtet, oder Darth Vader war gelandet.

»Jesses Gott!«, sagte eine Stimme, und jemand half mir auf die Beine. Es war nicht Darth Vader, sondern mein Nachbar. Der war schwarz gekleidet, groß und breit, ganz wie Vader. Vielleicht hatte er auch ein Lichtschwert.

»Bist du okay?«, fragte er kopfschüttelnd.

»Hast du ihn gesehen?«, japste ich.

»Nein, ich hab dich schreien gehört. Als ich rauskam, hab ich dich hier vor der Tür gefunden. Brauchst du Hilfe?«

»Es geht schon«, stöhnte ich, obwohl ich mir nicht so sicher war, ob es stimmte. Mit Kopfschmerzen kannte ich mich nicht aus, diese hier waren von der herben Sorte.

»Vielen Dank.«

»Schon recht.« Er wartete, bis ich die Tür aufgeschlossen hatte, dann verschwand er wieder in seiner Wohnung. Anscheinend hielt er es für nicht allzu beunruhigend, wenn man Leute im Treppenhaus vor seiner Wohnung überfiel. Ihn würde auch kaum jemand überfallen.

Ich schloss die Wohnung auf. Das Drehen des Schlüssels bewegte eine Menge Eisen. Mein Vormieter war ein vorsichtiger Mensch mit einer teuren Fotoausrüstung gewesen. Diese Tür war nicht so leicht zu knacken.

Ich zog meine Lederjacke aus. Etwas Warmes lief mir den Nacken hinunter, Blut. Das Hemd war ruiniert. Über der Badewanne wusch ich den Kopf ab, es brannte höllisch. Mit dem Wand- und dem Rasierspiegel konnte ich die Wunde sehen, es war nur ein zwei Zentimeter langer Riss. Nichts Ernstes, so hoffte ich. Im Gang blinkte der Telefonbeantworter. Es war ein altes Modell, das mir ein Bekannter geschenkt hatte, als er sich eine ISDN-Linie zulegte. Meist vergaß ich, die Kiste einzuschalten.

Das Piepsen riss mir beinahe den Schädel weg, dann kam rauschend und fern die Stimme von Rita: »Hoi Jakob, wie geht es denn immer? Ich wollte mal sehen, was du machst, und dich fragen, ob du Lust hättest, mit mir und den Kindern rauszugehen. Es ist Sonntagvormittag, ich hoffe, ich wecke dich nicht. Falls du weg bist, wie wär's, nein, Montag ist schlecht, Dienstag zum Abendessen? Ich würde mich freuen und die Kleinen auch. Ruf mich doch an. Mach's gut, tschau.« Der schreckliche Pieps.

Dann Rothenbühler: »Herr Robert, es ist etwas passiert, rufen Sie mich sofort zurück.« Pieps. Mónica: »Hallo Weichei, wollte nur mal schauen, ob du gut angekommen bist. Es ist drei Uhr, ich bin zu Hause, ruf mich doch an. Es war schön, bis bald, ich küsse dich und, ah, meine Nummer ...«

Ich schaffte ein halbes Lächeln und schleppte mich an den Küchentisch. Dort fluchte ich über meine Dummheit. Wieso hatte ich nicht daran gedacht, dass Mettler der Schurke sein konnte? Nur er wusste, dass ich die Unterlagen hatte. Um herauszufinden, wo ich wohnte, hatte er wahrscheinlich Rita ausgequetscht. Warum musste ich immer in Geschichten hineinschlittern, bei denen ich die Übersicht verlor, die mir über den Kopf wuchsen. Oder auf den Kopf fielen. Warum war ich nicht Schrankenwärter geworden, an irgendeiner Nebenlinie, von mir aus sogar im Thurgau. Weil ich einfach viel zu blöd war. Zu blöd für diesen Fall, zu blöd für dieses Leben. Mein weichgeklopftes Hirn reagierte empfindlich auf eine solch unnachsichtige Bestandsaufnahme. Ich musste aufhören, an irgendetwas zu denken. Zum Telefonieren war ich ebenfalls nicht in der Lage. Dafür plünderte ich mein Apothekerkästchen. Ich schluckte alles, was irgendwie gegen Schmerzen helfen sollte. Dann legte ich mich aufs Bett.

Die Nacht war unruhig. Ich hatte Schmerzen, fürchterliche Träume und litt an Orientierungslosigkeit. Mal glaubte ich, mit einem Motorrad gegen eine Wand zu brettern, dann von der Grimsel-Staumauer zu stürzen, schließlich in einem Himmelbett zu liegen, während mir der irre Hausknecht die Schädeldecke aufbohrte und ich nicht zu protestieren wagte, weil ich die Rechnung nicht zahlen konnte. Kurzum, es war die Hölle.

Erst gegen Morgen schlief ich halbwegs ein, obwohl mir war, als verkehrten heute nur die verrosteten, heulendsten und quietschendsten Züge, wahrscheinlich italienischer Bauart, noch dazu in ungekannten Mengen. Nie hatte bisher die Eisenbahn meinen Schlaf gestört, es musste sich also um eine Verschwörung handeln.

13

Mittag war schon fast vorbei, als ich aufgab und vorsichtig ein Auge öffnete. Ich sah nur eine Lampe und einen Schrank, sodass ich vermuten konnte, dass das bisschen Hirn, das mir noch geblieben war, nicht ernsthaft beschädigt war. Nur weh tat es immer noch. Ich kroch aus dem Bett, nahm eine lange Dusche und ein paar Tabletten, damit ich einigermaßen fit wurde. Vorsichtig stärkte ich mich mit den Früchten, die ich am Freitag gekauft und umsichtigerweise im Kühlschrank gelagert hatte. Andernfalls wäre ich wohl von den Fruchtfliegen angefressen worden. Den Kopf gerade haltend, las ich die Zeitung. Es war nicht einfach.

Das Telefon schellte. Es war Rothenbühler, der fragte, ob ich seine Nachricht nicht erhalten hätte. Doch, sagte ich, ich wollte grad anrufen.

»Die Sache ist die: Bruno hat gestanden, am Samstag.« Der Anwalt machte eine Pause, wahrscheinlich, um mir Gelegenheit zu einer Reaktion zu geben, die aber nicht kam.

»Bruno ließ den Bezirksanwalt kommen, ohne mir etwas zu sagen. Ich hab's erst später erfahren, und im Moment will Bruno mich nicht sehen. Nur, dass Sie es wissen und nicht vergeblich rumrennen.« Er schnaubte. Er war wahrscheinlich ziemlich verärgert.

In meinem Schädel explodierte der Planet Alderaan, mit oder ohne Rebellenstützpunkt.

»Danke«, sagte ich und hängte auf, ohne weiter nachzufragen. Das war zu viel für mich. Ich legte mich aufs

Bett und dachte nach. Entweder erzählte Bruno Unsinn, oder ich war völlig blöd. Mittlerweile war ich sicher, dass Mettler seinen alten Kollegen Baumann umgebracht hatte. Wegen einer Geldgeschichte, wegen dieser Verluste, wegen des Geldes der Baumanns, das verschwunden war. Vielleicht waren sie sich als Anlageberater ins Gehege gekommen. Oder sie hatten gemeinsam gewurstelt, und einer gab dem anderen die Schuld an den Verlusten. Wahrscheinlich waren sie zu gierig geworden. Wer in diesem Beruf nicht mit dreißig Millionär war, galt doch als Niete. Ich musste Mettler nur noch finden und dazu bringen, zu gestehen, vorausgesetzt, er war mittlerweile nicht auf den Bahamas.

Aber nun sollte das alles egal sein? Scheißegal? Wenn Bruno ein Mörder sein wollte, bitte, dann sollte er eben ein Mörder sein. Mich ging das nichts mehr an!

Der Fall war offensichtlich gelöst, und ich konnte wieder etwas trinken. Ich wollte keine Zeit verlieren und sofort damit beginnen oder zumindest etwas für den Abend arrangieren. Noch war es vielleicht ein bisschen früh fürs Herumsumpfen. Der Reihe nach rief ich alle meine Zechkumpane an, aber sie waren entweder nicht zu erreichen, mussten nach der Arbeit sofort nach Hause, hatten keine Lust oder tranken überhaupt nicht mehr. Die Welt war zum Kotzen. Ich nahm zwei Alka-Seltzer und einen Beutel Kafa-Pulver zusätzlich zu den Medikamenten aus meinem Giftschränkchen. Es war wahrscheinlich nicht schlau, in diesen lädierten Schädel Alkohol zu gießen, aber was blieb mir anderes übrig?

Ich ging ins Niederdorf hinüber, in die Züri-Bar. Dort hatte ich noch fast immer jemanden getroffen, den ich kannte. Heute nicht. Ich kippte erst mal ein paar Biere, sie schmeckten nicht, also würzte ich sie mit Sechsämtertropfen.

Aber irgendwie kam keine Stimmung auf. Ich wollte wieder heim. Weil es wieder zu tröpfeln begann, kam mir mein vergessener Schirm in den Sinn. Gut, es war nur ein billiger Werbeschirm, aber es war mein einziger, und ich hatte ihn geschenkt bekommen.

»Wann bekommt einer wie ich schon mal was geschenkt?«, dachte ich bitter in meinem aufsteigenden, dumpfen Rausch.

Also ging ich in die Widder-Bar. Es ging schon gegen elf Uhr, und der Laden war gut besucht. Im Ständer stand mein Schirm nicht mehr. Um sicherzugehen, wollte ich mich an der Bar erkundigen, auch wenn ich nicht annahm, dass man hier Regenschirmen mit Werbeaufdrucken große Aufmerksamkeit schenkte. Trotzdem wollte ich danach fragen. Man konnte mich ja für ein besonders treues und geiziges Verwaltungsratsmitglied der Firma Feldschlösschen halten. Obwohl ich wohl eher wie ein guter Kunde der Sparte Lagerbier aussah.

Fast wäre es mir gelungen, die Aufmerksamkeit des Barmanns zu erhaschen, als mir jemand von hinten auf die Schulter klopfte.

»Das ist doch der Köbi!« Ich drehte mich um. Obwohl er vollkommen anders aussah als früher, erkannte ich ihn sofort. Patrik Locher, einst unter dem Namen Pat Empty bekannt als Sänger einer Punkband. Jetzt trug er einen feinen grauen Anzug und ein blaues Hemd. Durchaus stilvoll, wie ein Durchschnittsbänkler sah er jedenfalls nicht aus.

»Max, zwei Mojitos!«, rief er, ohne dass ich protestieren konnte. Ich wollte eigentlich auch gar nicht.

»Komm, das müssen wir feiern! Dich hier zu treffen …« Er zog mich zu einem der Tischchen. Ein Kellner brachte die Mojitos und Salznüsse.

»Mein Gott, Köbi, lange her, nicht wahr?«

»Das kann man sagen!« Ich nickte, und wir prosteten uns zu. Es war sicher länger als zwölf Jahre her, dass ich Patrik das letzte Mal gesehen hatte. Ich war froh, endlich einen Zechkumpan zu haben, alleine trank es sich nicht gut. Der Mojito war klebrig, aber lecker.

Pat grinste und schüttelte den Kopf. »Die Zeiten haben sich geändert, was, Köbi? Falls du dich über meinen Aufzug wunderst, der gehört zum Job, ich bin PR-Berater geworden.« Er legte seine Hand auf meinen Arm und beugte sich zu mir herüber.

»Im Prinzip ist es so, wie wir es damals geahnt haben«, sagte er vertraulich. »Corruption, Bluff and Swindle. Ich weiß das, und du weißt das. Aber eine Menge Leute, die wissen das nicht, die glauben wirklich an den ganzen Zauber. Leute wie die hier zum Beispiel.« Seine Hand machte eine ausladende Geste zu den Barbesuchern hin. »Ich bereite die Scheiße auf, bis sie als wohlschmeckende Delikatesse daherkommt und mit Freuden gelöffelt wird. Alle brauchen das, die Käufer, die Verkäufer. Sie wollen doch alle was Wichtiges und Gutes machen. Siehst du, davon lebe ich, und das nicht schlecht.« Er lachte sein schepperndes Lachen.

Ich hob anerkennend die Augenbrauen. »Doch, doch!«, grinste ich und trank. Patrik war immer ein cleverer Bursche gewesen. Wir hatten lange Nächte verlebt zusammen, mit Punk und Lärm, Bier und Hasch und einem Haufen anderer Ingredienzen. Eine Zeit lang hatten wir ganz schön einen draufgemacht. Mir fiel ein, dass Patrik, der Wiener und ich uns an denselben Konzerten und in denselben befreiten Zonen jener Zeit herumgetrieben hatten. Wie verschieden doch die Wege waren, die wir eingeschlagen hatten, nachdem wir aus unseren Träumen erwacht waren. Wobei ich mir so vorkam, als hätte ich gar keinen Weg eingeschlagen, sondern seither versucht, einfach wieder einzuschlafen. Patrik aber war alles andere als schläfrig.

»Und du, erzähl, was treibst du so?«

»Ich steige Leuten aufs Dach und falle ab und zu runter dabei.« Er schepperte wieder los und hieb mir vor die Brust.

»Immer noch der Alte. Bei dir ist nie einer drausgekommen, wenn du was erzählt hast.«

So, war man das nicht? Hatte ich nie bemerkt, aber jetzt kam es auch nicht mehr drauf an.

»Wir hatten es doch gut, wir haben was erlebt oder nicht? Meine Kunden glauben noch immer, mit zwei Gin Tonic intus morgens um halb zwei mit hundert um eine Kurve zu brettern und dabei Joe Cocker voll aufgedreht haben, sei der Inbegriff des wilden Lebens. Oder Gleitschirmfliegen der ultimative Kick. Die Leute sind brav geworden, sage ich dir. Als ich anfing, ging es eher noch wüst zu und her, sonst wär ich ja nicht dabei gewesen.« Das obligate Lachen. »Aber heute, Arbeit, Arbeit, Arbeit, Fitness und ein Haufen Angst.« Nachdenklich schüttelte er den Kopf, sah mein leeres Glas und orderte neue Getränke.

»Zum Teil sind aber die Dinge gar nicht so anders heute. Bei uns gab's doch auch die Leithammel, das Fußvolk, die Streber und jene, die Ideen hatten, die dann von anderen geklaut wurden. Die, die nur eine große Fresse hatten und nichts dahinter, und die, die wirklich was draufhatten. Und drum irgendwann mal ausgeschlossen wurden, wie ich, wie du. Der Durchschnitt setzt sich immer durch, Bank oder Punk oder was auch immer. Weißt du noch, damals, als wir ...« Und es folgten Geschichten von denkwürdigen Konzerten, nicht endenden Nächten und Momenten delirierenden Glücks.

Ich lauschte amüsiert, ohne selber allzu viel beizusteuern. Da war schon wieder so eine Wirklichkeit, die nur existierte, weil man daran glaubte. War er Realität, dieser gut gekleidete Derwisch, den ich ewig nicht gesehen hatte und der mir vorkam wie einer, den ich erst gestern am Tresen stehen lassen hatte? Waren es die Geschichten, die irgendwann mal erlebt worden waren? War es möglich, dass ich in dieser Bar saß, mit diesem klebrigen Getränk und diesem Mann, der meine Vergangenheit zu einem ähnlich süßen Cocktail mixte? Es hätte mich nicht im Geringsten gewundert, wenn die Tür aufgegangen und der Heiland hereingewankt wäre oder eine Horde Barbaren, um dieser morschen Zivilisation ein Ende zu bereiten. Gedankenverloren sah ich zur Tür. Stattdessen kam ein blonder Mann herein. Er war etwa fünfundvierzig, hatte eine auffallend hübsche, halb so alte Frau im Arm, die ein reizvolles und sicher nicht billiges Lederkleid anhatte. Der Blonde ging zur Bar. Er lachte laut und viel, rauchte eine Havanna und trank Single Malt, den er umständlich und lautstark orderte, sogar durch das gepflegte Jazzgeklimper hörte man ihn röhren. Einerseits glaubte ich ihn zu kennen, andererseits hatte ich aufgehört, irgendetwas zu glauben. Vielleicht waren es die Mojitos oder der Zeitschwurbel, in den Patrik mich gerissen hatte. Ich trank Mojito Numero fünf, und als ich wieder aufschaute, war der Mann weg. Kurz vor zwölf musste auch Patrik weiter, jemanden treffen, wie er sagte. Er gab mir seine Karte, bezahlte die Drinks, und ich torkelte nach Hause. Den Schirm hatte ich schon wieder vergessen.

14

Der Dienstagmorgen war hart. Brutal hart oder noch härter! Frischknecht weckte mich. Eigentlich hatte ich das Telefon nicht abnehmen wollen. Aber dem endlosen Klingeln nach musste es ja etwas ganz Verheerendes sein. Mein Kopf fühlte sich an, als wüte darin eine Kreissäge, aber Frischknecht schrie mir gnadenlos ins Ohr. Ich hielt den Hörer weit weg und verstand trotzdem alles. Er war außer sich. Warum ich gestern nicht zur Arbeit erschienen sei? Herr Wegmüller habe extra bis heute früh gewartet, um mir noch eine Chance zu geben. So ginge das nun wirklich nicht, schimpfte er, ich solle in einer Stunde zu ihm ins Büro kommen.

»Jawohl!«, rief ich in den Hörer und hängte auf. Himmel, die Arbeit, die hatte ich komplett vergessen. Offenbar hatte der Wiener den Koller gekriegt und mich nicht darüber informiert. Nach einem stärkenden Schmerztabletten-Kafa-Alka-Seltzer-Cocktail rief ich die Natelnummer an, die er mir gegeben hatte. Der Teilnehmer war im Moment nicht erreichbar. Wir würden uns schon noch sprechen! Ich hatte weder die Zeit noch die Kraft, mich über etwas aufzuregen. Mir war zwar speiübel, dennoch war ich seltsam heiter, trotz der schlechten Nachrichten und der stechenden Kopfschmerzen. Wahrscheinlich war mir einfach das Gehirn ausgelaufen.

Nach einer Dusche ging ich aus dem Haus, trank unterwegs einen Kaffee mit viel Mineralwasser und kaufte Pfefferminz-Bonbons gegen die Fahne.

So groß Frischknechts Freude gewesen war, mich loszuwerden, so groß war sein Verdruss, mich wieder in seiner Kartei und in seinem Büro zu haben.

»Weshalb sind Sie nicht zur Arbeit gegangen, Herr Robert, können Sie mir das erklären?«

»Ich bin überfallen worden, vor meinem Haus, am Sonntagabend.« Ich schaute auf den Schreibtisch, nicht vor Scham, sondern weil mich das grelle Rotblau seines Hemdes blendete. Frischknecht presste sich ein meckerndes Lachen ab und lehnte sich über sein Pult. Ich wich unwillkürlich zurück und wäre beinahe vom Stuhl gefallen.

»Achtung!«, sagte ich.

»Bitte, Herr Robert, das glauben Sie doch selber nicht!« Er schaute mich so verächtlich an, dass ich beinahe Angst bekam.

»Leider doch«, sagte ich und drehte mich um, sodass er die Beule und den Riss am Hinterkopf sehen konnte. »Ich bin seither nicht aus dem Bett gekommen, es tut ziemlich weh.«

»Waren Sie beim Arzt?« Jetzt tat es ihm wohl leid, dass er mich als Lügner und Drückeberger hingestellt hatte. Der Anblick von Blut lockte den Menschen im Bürokraten hervor. Darunter war es wohl nicht zu machen.

»Nein, ich war die ganze Zeit im Bett. Ich weiß, ich hätte Wegmüller anrufen sollen, aber gestern konnte ich nicht, ich hab's einfach nicht geschafft, konnte fast nicht aufstehen, telefonieren schon gar nicht.« Ich versuchte noch elender auszuschauen, als ich es eh schon tat, und stützte mich schwer auf die Tischplatte.

»Nun gut, vielleicht können Sie wirklich nichts dafür.« Frischknecht lehnte sich angewidert zurück und nahm mein Dossier, das vor ihm auf dem Tisch lag. Er blätterte eine Weile darin. Vielleicht wollte er auch nur etwas Materie zwischen sich und mich bringen.

»Gehen Sie auf alle Fälle zum Arzt. Auch wegen dem Zeugnis. Gestern und heute, die unentschuldigten Tage müssen wir natürlich abziehen, dann noch die selbst verschuldete Kündigung, ohne Zeugnis bleibt Ihnen diesen Monat nicht viel. Den Lohn für letzte Woche hat Ihnen Wegmüller ja bar gegeben, auf Ihr Drängen hin.«

So, hatte er das? Dann war ja alles klar. Ich verfluchte den Wiener, Frischknecht, Wegmüller und meine beschissene Situation.

Ich fühlte mich wirklich vollkommen erschlagen und kraftlos. Warum nicht im Büro 303 der Regionalen Arbeitsvermittlung über der Tischplatte verenden? Oder zumindest mal einfach liegen bleiben und warten, was passiert? Man würde mich vielleicht in ein schönes großes Haus mit einem Park bringen, wo ich den ganzen Tag im Bett liegen konnte und saubere junge Menschen in weißen Kitteln mit einem spielten, wie es Napoleon XIV in seinem netten Lied »They're Coming To Take Me Away Ha-Haaa!« schilderte.

»Ja, Herr Robert, wie soll denn das jetzt weitergehen?« Frischknecht schien meine Absicht zu ahnen, und ich fing mich wieder. Er sah mich an, als sei er um mein Wohl besorgt, der Hund.

»Ehrlich gesagt, ich weiß es nicht.«

Er blätterte wieder im Dossier und kratzte sich an seinem langen Hals, der wie Pergament aussah oder Büffelleder.

»Haben Sie schon einmal einen Kurs besucht?« Ich schüttelte schwerfällig den Kopf.

»Es gibt da verschiedene Sachen, einen Computer-Kurs zum Beispiel.«

»Stellen Sie sich vor, ich kann einen Computer bedienen.« Man brauchte in keine Anstalt zu gehen, um für debil angesehen zu werden.

»Oder Schweißen.«

Ich seufzte schwer. In irgendeiner Freizeitanlage verbogene Rohre aneinanderschweißen, worauf man sich dann einreden konnte, dass es wie Kunst aussah, bevor es auf den Müll ging. Oder eine originelle Lampe anfertigen, die einem für den Rest des Lebens im Weg stehen und einem einen Leistenbruch einbringen würde, wenn man sie entsorgen wollte. Nein, darauf konnte ich verzichten. Frischknecht schien meinen Seufzer als negative Antwort zu interpretieren.

»Oder hier, ein Kurs, der Leuten hilft, die sich selbstständig machen wollen.« Anscheinend deutete er mein Stirnrunzeln als Interessensbezeugung. »Ja, das wäre doch etwas für Sie. Sie sind ja eher ein selbstständiger Mensch.« Wie kam er denn auf so was?

»Wenn Sie den Kurs erfolgreich abschließen und danach ein überzeugendes Konzept einreichen, kriegen Sie bis zu acht Monate Unterstützung.« Das hingegen klang nicht schlecht, obwohl klar war, was damit erreicht werden sollte. Wer selbstständig war, konnte nur noch Konkurs machen und nicht mehr stempeln gehen. Die Aussicht, mich für immer loszuwerden, musste Frischknecht gefallen. »Gäbe es denn etwas, was Sie sich vorstellen könnten?«

»Ermittlungen vielleicht?« Etwas anderes fiel mir beim besten Willen nicht ein.

»Privatdetektiv? Wie kommen Sie denn auf so was?« Frischknecht schaute mich an, dass ich mir vorkam wie jener Arbeitslose aus der Karl-Valentin-Nummer, der Elefantendompteur werden wollte.

Bessere Argumente als jener Unglückliche hatte ich auch nicht. Sollte ich erklären, dass ich mal die Schwester eines Freundes gesucht hatte, und dabei der Auftraggeber und ein anderer Freund von mir draufgegangen waren? Dass ich eben einen Mörder gefunden hatte, der aber doch keiner war? Dass ich deshalb eine Beule, Ärger und kein Geld mehr hatte?

»Das hab ich schon gemacht!« Ich sah Frischknecht ins hagere Gesicht, in seine hellbraunen, ausdruckslosen Augen. Ich versuchte seriös zu wirken. »All diese Sachen, wissen Sie, wie Beobachtungen, Ermittlungen, Personen- und Objektschutz. Die ganzen Sicherheitsdinger halt, das ist eine Wachstumsbranche.«

Das Wort hörte er gern, das gehörte zu seinem Repertoire. Und schlussendlich war es egal, womit ich auf die Schnauze fiel. Hauptsache, er war mich los. Mir war bewusst, dass ich mich mit fast denselben Worten schon einmal in Teufels Küche gebracht hatte. Hier jedoch schien es ungefährlich, ein wenig aufzuschneiden. Acht Monate Stempelgeld ohne Frischknecht im Nacken, das war doch wirklich zu verlockend.

»Nun, ich kenne mich da nicht aus, aber ich werde Ihnen die Kursunterlagen schicken und einen entsprechenden Vermerk machen. Wenn es Platz hat und Sie den Kurs erfolgreich abschließen, wer weiß …« Er lächelte. Es sah scheußlich aus.

»Gut«, sagte ich, »schicken Sie mir die Sachen.«

Frischknecht stand auf und streckte mir die Hand hin. »Alles Gute, Herr Robert, und gehen Sie zum Arzt.« Ich stand ebenfalls auf und nickte gehorsam.

»Und schicken Sie mir das Arztzeugnis, Sie wissen schon, sonst müssen wir Ihnen den ganzen Ausfall abziehen.« Zum Glück hatte ich ihm die Hand nicht gegeben.

Es gab wirklich keinen Grund dazu! Wie pflegte Mónica in solchen Situationen zu sagen? Wixer!

In der Silberkugel beim Kunstgewerbemuseum, wo ich mir ein Frühstück genehmigte, fiel mir ihre Nachricht ein. Ich ging nach Hause und versuchte sie zu erreichen, aber unter der angegebenen Nummer war niemand. Im Büro, dessen Nummer ich unterdessen auch herausgefunden hatte, weil sie im während des Aufräumens am Freitag wiedergefundenen Telefonbuch stand, war sie auch nicht. Es war halt gerade Mittag. Also versuchte ich es auch noch bei Rita, aber auch da hatte ich keinen Erfolg.

Ich versuchte die Ereignisse zu ordnen. Es sah so aus: Bruno hatte Werner Baumann umgebracht und würde die nächsten Jahre im Knast verbringen, wo ich ihn besuchen konnte und er mir vielleicht erzählen würde, was an seiner Geschichte stimmte. Bis dahin ging mich das alles nichts mehr an, bis auf meine Beule und die Ordner. Das war heiße Ware. Mettler! Wenn er wirklich Werner auf dem Gewissen hatte, dann schreckte er vor nichts zurück …

Klares Denken war Glückssache. Ich hatte vor allem Kopfschmerzen, einen Kater und brauchte ein Arztzeugnis. Drei gute Gründe, wieder einmal bei meinem Doktor, der mich alle Schaltjahre mal sah, vorbeizuschauen. Weil ich nicht angemeldet und es nichts Akutes war, musste ich ewig warten. Nachdem ich alle Ausgaben von *Nebelspalter*, *Gret*, *Wir Eltern* und selbst den *Schellenursli* gelesen hatte, kam ich an die Reihe. Der Doktor, der sich Zeit nahm für seine Patienten, wollte wissen, wie man zu so einer Wunde kam.

»Man muss nur die richtigen Freunde haben«, sagte ich, und er runzelte die Stirn.

»Wenn du meinst …« Er bestätigte mir immerhin, dass es nichts Schlimmes war, nur eine Platzwunde und eine leichte Gehirnerschütterung. Keine bleibenden Schäden, keine drohende Demenz. Fast war ich ein wenig enttäuscht. Er empfahl mir dringend, Bettruhe zu halten. Ich versprach es, das schien mir sowieso das Beste. Einfach im Bett liegen und warten, dass die Welt besser würde. Dass Frischknecht mit einem dicken Scheck vorbeikam. Immerhin hatte ich ein Zeugnis für zwei Wochen Krankheit. Das war fast so gut wie ein Scheck. Zur Sicherheit, wie er sagte, gab mir der Doktor noch ein Rezept für ein Schmerzmittel.

Auf dem Heimweg machte ich ein paar Umwege durchs Quartier, kaufte die Tabletten und wollte nachschauen, ob ich den Wiener fand. Er hatte sich jedoch in Luft aufgelöst, und es war mir fast recht so. Ich hätte nicht die Energie gehabt, ihm so einzuheizen, wie er es verdient hatte. Verfluchtes, willensschwaches und unzuverlässiges Alkoholikerpack, dachte ich und meinte nicht mich damit.

Ich war schon fast wieder zu Hause, als mir Ritas Einladung in den Sinn kam. Je näher ich meiner Wohnung kam, desto weniger Lust verspürte ich, die verordnete Bettruhe anzutreten, also nahm ich den Bus nach Affoltern hinaus. Es interessierte mich, was Rita zu Brunos Geständnis meinte, wenn sie überhaupt schon davon wusste.

Natürlich musste eine Schulklasse für hyperaktive Kinder mit überentwickelten Stimmorganen und unterentwickeltem Mitgefühl für ältere Mitbürger denselben Bus benutzen. In meinem Schädel dröhnte es wie im Innern der Pauke, wenn jemand die *Star-Wars*-Titelmelodie übt. Am Bucheggplatz nahm ich am Trinkwasserbrunnen zwei der Pillen ein. Der Rest der Fahrt verlief angenehm ruhig.

Die Haustüre war offen, also ging ich zur Wohnung hinauf und läutete. Diana, die ältere Tochter, öffnete die Tür, sah mich erstaunt an und kreischte: »Köbi!« Sie zog mich durch den langen Gang in die Stube.

»Mami, Mami, schau, wer da ist!«, rief sie freudig. Die jüngere Tochter saß mit Heften und Büchern am Esstisch und sprang sofort auf, froh um die Ablenkung. Rita war ebenfalls aufgestanden, Mettler blieb in dem tiefen Sofa sitzen. Die Freude der Erwachsenen über meinen Besuch war deutlich geringer als jene der Kinder.

»Hallo zusammen«, grüßte ich, wie wenn nichts wäre, und ehe ich etwas denken konnte, zerrte mich Diana in das Kinderzimmer, um mir ihre neuen Superheldenfiguren und -hefte zu zeigen. Wir redeten meist über Helden. Aus dem Augenwinkel sah ich, dass Rita im Türrahmen stand und uns zuschaute.

»Jakob, was machst du eigentlich hier?«, fragte sie schließlich. Es klang ziemlich gereizt.

»Ich dachte, du hättest mich eingeladen«, sagte ich ehrlich verwundert.

»Das war am Sonntag, und du hast nicht zurückgerufen.« Sie schüttelte den Kopf.

»Mami, gell der Köbi isst bei uns Znacht«, quietschte Diana, die eine unerklärliche Vorliebe für mich hatte.

»Ja, ja!«, rief nun auch die Kleinere, sodass Rita nicht viel anderes übrig blieb, als lächelnd zu sagen: »Aber sicher!«

Sie ging ins Wohnzimmer, und nach einer Weile schaffte ich es ebenfalls, dorthin zurückzukehren.

Rita war in der Küche verschwunden, man hörte sie hinter der Durchreiche hantieren. So war ich einen Moment alleine mit Mettler im Raum. Wir musterten uns feindselig. Ich blieb vor ihm stehen und überlegte einen Moment, ob ich ihm nicht einfach die hässliche, gesprenkelte Porzellanvase mit den Feldblumen, die auf dem Tisch stand, über den Schädel ziehen sollte. Der Gerechtigkeit halber.

»Sie …«, zischte ich, aber da kamen die Kinder zurück und nahmen mich in Beschlag. Zum Glück hatte ich die

Schmerzmittel geschluckt, sonst hätte mich ihr Lärmen umgebracht. Mettler verschwand in der Küche. Kurz darauf rief Rita zum Essen. Weil es zu wenig Stühle hatte, bekam ich den Küchenhocker, einen jener Siebzigerjahrteile mit vier Chromstahlbeinen und einer schwarz-weiß beschichteten, viereckigen Sitzfläche. Beim Essen lockerte sich die Stimmung ein bisschen. Rita und die Kinder berichteten einander von den Erlebnissen des Tages. Mettler tat interessiert, scherzte ab und zu. Die Töchter schienen ihn zu mögen. Kinder sind eben nicht wählerisch. Was blieb mir anderes übrig, als eine gute Miene zu machen. Ich trank ein Glas Wein und dann noch eines. Es gab Spaghetti. Immer wenn ich bei dieser Familie oder was von ihr geblieben war zu Abend aß, gab es Spaghetti. Ich verhielt mich möglichst ruhig und zivilisiert, studierte Mettler, der gerne Dinge erklärte und die Bewunderung genoss. Rita ignorierte mich größtenteils. Ich kam mir vor wie der verarmte Onkel, den man hat aufnehmen müssen und am Tisch duldet, mehr aber auch nicht. Ich trank noch ein Glas Wein.

Als wir fertig waren, räumten Rita und Diana ab, Mettler ging in die Küche zum Abwaschen. So ein Schleimer, so ein billiger Pfadfinder. Ich blieb sitzen und öffnete die zweite Flasche Wein, die in der Durchreiche gestanden hatte. Wer zu Besuch ist, wäscht nicht ab, sagte ich mir grimmig und schenkte ein. Das ist nicht nett und hilfsbereit, das ist stil- und taktlos, nur merkt das heutzutage ja keiner mehr. Die öde Ich-bin-ein-Mann-der-im-Haushalt-hilft-Nummer ging mir schon immer auf den Geist. Ich hatte die, die als Gast und vor Publikum abwuschen oder halfen, immer in Verdacht, zu Hause keinen Finger zu rühren. Aber die Nummer kam an bei den Frauen, die ja nicht wirklich schlauer wurden. Und wer wie ich in guter Gastmanier sitzen blieb und die Hände in den Schoß oder ans Weinglas legte, wurde schief angesehen oder gar mit schnippischen Bemerkungen bedacht. Aber da musste man durch!

Ich fragte mich, ob Mettler eventuell schon nicht mehr zu den Gästen zählte? Brauchte Rita einen Mann im Haus?

Das wäre dann aber sehr schnell gegangen. Der Vorgänger noch nicht kalt, dachte ich und trank noch etwas Wein. Obwohl das ja nichts Schönes ist, alleine zu trinken, aber die Gastgeberqualitäten gingen heutzutage den Bach runter wie sonst was. Ungebetenen Gästen gegenüber sowieso.

Nachdem ich noch zum Gutenacht-Sagen gerufen wurde, setzten wir uns in die Wohnecke, obwohl Rita durchaus zu verstehen gab, dass es ihr lieber wäre, ich würde wieder verschwinden. Sie setzte sich neben Mettler auf das Sofa. Ich blieb erst recht und trank noch etwas Wein. Es begann doch erst richtig gemütlich zu werden.

»Wir waren heute meine Sachen holen. Werners Eltern haben sie einfach in die Hofeinfahrt gestellt«, sagte sie wie entschuldigend. Es war, als hätte ich sie mit einem Liebhaber erwischt. Falls es der Fall war, ging mich das nichts an und interessierte mich auch nicht.

»Hast du es gehört, von Bruno?«, fragte ich unvermittelt und schaute den beiden abwechslungsweise ins Gesicht. Rita zuckte zusammen. Mettlers Ausdruck wurde gespannt.

»Nein, was ist denn passiert?«, fragte Rita matt. Sie sah auf einmal sehr müde aus.

»Er hat gestanden!«

Sie sah mich entgeistert an, schluckte, einen Moment sah es so aus, als würde sie zusammenbrechen, dann versteifte sie sich. Mettler nahm ihre Hand. »Jetzt brauche ich einen Schnaps«, sagte sie und stand auf.

»Ich nehme auch einen!«, rief ich ihr nach. Wir nahmen alle einen, einen Grappa. Ich mochte keinen Grappa, aber um etwas anderes zu bitten schien mir dann doch zu vermessen. Schnaps ist Schnaps!

»Also doch!«, sagte Mettler ernst. »Ich habe es ja immer gesagt.«

»Ein Beweis mehr, dass es Blödsinn ist«, schnauzte ich ihn an und kippte den Schnaps.

»Was wollen Sie damit sagen?« Mettler saß jetzt auf der Kante des Sofas.

»Wenn einer weiß, dass das Geständnis Humbug ist, dann sind Sie es wohl, Herr Mettler.« Ich schenkte mir einen weiteren Schnaps ein.

»Jakob, was soll das?« Ritas Stimme zitterte, sie nahm mir die Grappaflasche aus der Hand und stellte sie auf den Glastisch.

»Der saubere Herr da weiß schon, was ich meine. Er dreht krumme Dinger mit seinem Freund, legt ihn um, bricht in Wohnungen ein und schlägt Leute im Treppenhaus zusammen, um an das Belastungsmaterial zu kommen. Und jetzt will er wohl noch die Frau des Toten.«

»Herr Roggenmoser!« Mettler stand auf, die Adern an seiner Schläfe pochten, seine Stimme aber war ruhig und fest: »Sie sind betrunken und wissen nicht, was Sie reden.«

»Wieso Roggenmoser?«, fragte Rita. »Und was erzählst du da für Sachen? Jakob, bitte, ich brauche wirklich nicht noch mehr Ärger und Kummer.«

»Ja, wieso Roggenmoser und wieso betrunken?«, grinste ich und schnappte mir die Flasche wieder. »Sie wissen genau, wie ich heiße, sonst hätten Sie ja meine Wohnung nicht gefunden, Sie Oberheuchler! Sie Mörder und Einbrecher! Sie suchen die Originale der Bankauszüge, die ich Ihnen gegeben habe. Die Unterlagen belasten Sie doch, geben Sie es nur zu. Ich kriege Sie sowieso dran, mein Lieber, merken Sie sich das, Sie Lumpenhund!« Ihn siezend zu beschimpfen, erschien mir äußerst geistreich und überlegen. Der Grappa begann mir langsam zu schmecken. Ich war in Form.

»Es reicht«, zischte Rita und stand auf. »Jakob, du bist wirklich betrunken. Bitte geh jetzt!«

»Ah, ist er schon der neue Herr im Haus? Sauber, Mettler, sauber, Sieg auf der ganzen Linie. Gratuliere!« Ich prostete ihm zu, ohne Anstalten zu machen, mich aus dem Sessel zu erheben.

»Gehen Sie jetzt!«, sagte er kalt und deutlich.

»Ich gehe, wenn ich Lust habe, Sie haben hier überhaupt nichts zu melden. Genießen Sie Ihre letzten Stunden in Freiheit. Ich werde die Ordner zur Polizei bringen.«

»Himmel, Jakob, was für Ordner? Was redest du da, bitte hör auf. Ich halte das nicht aus! Nicht nach dem, was alles war und nach dem, was du eben gesagt hast. Bitte geh jetzt endlich!« Rita stand neben meinem Sessel.

»Sie haben gehört, was Rita gesagt hat.« Mettler stand nun auch auf, langsam und drohend.

»Okay, okay.« Ich schenkte mir noch einen ein. »Ich gehe ja schon, mit einem, der Leute umbringt, Familien zerstört und faule Geschäfte macht, trinke ich nicht gern.«

»Jakob!! Manfred!!«

Mettler stürzte sich auf mich und riss mich hoch. Es gelang mir, mich am Glas festzuhalten, es zu kippen und fallenzulassen. Es fiel auf den abgewetzten Polyesterberber und blieb heil. Ehe ich meinerseits Mettler packen konnte, schleifte er mich durch die Stube und den ganzen Gang entlang zur Tür. Er war wirklich ziemlich kräftig. Ich rülpste ihm ins Gesicht, weil ich sonst nichts machen konnte. Ich wollte keinen Aufstand machen vor dem Kinderzimmer, so viel Verstand war mir gerade noch geblieben. Ein paar Sympathien wollte ich mir erhalten.

»Sie sind ein widerliches Arschloch. Ich weiß nicht, was Sie mit diesem Unsinn, den Sie reden, bezwecken wollen. Ich war noch nie in Ihrer Wohnung, ich habe nirgends eingebrochen, und ich hätte Ihnen gerne erklärt, worum es in den Papieren geht. Ich habe gestern auf Ihren Anruf gewartet, so wie verabredet. Aber Sie haben sich nicht gemeldet.«

Mettler schüttelte wütend den Kopf, während er die Tür öffnete. »Aber was rede ich überhaupt mit Ihnen? Sie haben ja von gar nichts eine Ahnung, Sie sind doch nur ein versoffener Versager.«

Mein Knie traf ihn leider nur am Oberschenkel, ich war wirklich betrunken. Er stieß mich von sich, und ich krachte den Treppenabsatz hinunter.

»Verschwinden Sie!«, zischte er.

»Wir sind noch nicht fertig miteinander, hörst du!«, fluchte ich laut: »Ich krieg dich schon, du Drecksyuppie!«

Ich wollte noch mal rauf und mich auf ihn stürzen, aber mein schmerzender Kopf sagte deutlich: Nein! Im unteren Stock wurden die Türen einen Spalt geöffnet, und ich schlich mich nach draußen. Im Bus wurde mir dann speiübel.

15

Der nächste Tag war schon längst angebrochen, als ich aus dem Schnapskoma langsam hochkam. Einzelne Brocken der Ereignisse der letzten Nacht schwappten durch meinen lädierten Schädel. Das tat weh. Ich versuchte wegzutauchen oder aufzuwachen. Alles, nur nicht den Zustand ertragen, in dem ich mich befand. Und einen gnädigen Gedächtnisschwund, bitte! Was mir gestern noch als mutiges und gerechtfertigtes Vorgehen erschien, entpuppte sich bei hartem Tageslicht und selbst mit halbem Bewusstsein als Riesenschwachsinn und Grobheit. Ich hatte mich wie ein Vollidiot benommen, daran gab es nichts zu deuteln. Laut stöhnend lag ich auf dem Gesicht, ich stöhnte wegen der Kopfschmerzen und wegen meiner Dummheit. Da es mir nicht gelang, spurlos in den Kissen zu verschwinden, stand ich irgendwann auf. Um den Spiegel machte ich einen großen Bogen, meinen Anblick hätte ich nicht ertragen.

Zum Glück fand ich die Pillen des Doktors und schmiss eine doppelte Dosis ein. Vorsichtig näherte ich mich dem Telefon, nahm den Hörer ab, wählte Ritas Nummer und hängte wieder auf. Es ging nicht. Erst würde ich mich stärken müssen. Draußen war nun bereits helllichter Tag. Das Licht blendete mich, obwohl es nur von einer diesigen Septembersonne kam. Langsam und konzentriert schlich ich die Langstraße hinauf. Bis zum Café Memphis wurde mir fünfmal Kokain angeboten. Wahrscheinlich sah ich aus, als könnte ich es brauchen. Wenigstens konnte man hier verkatert, zerknittert und zerdeppert entlangschleichen, soviel man wollte, Aufsehen erregte man keins damit. Denn es gab noch ganz andere Randständige. Sie standen tatsächlich oft am Straßenrand, stressten aber meist eilig hin und her. Randeilende, die einem zu düsterer Stunde durchaus wie Ratten vorkamen, die hektisch und rücksichtslos nach ihrer Nahrung suchten, wuselten, stritten, kreischten und manchmal an einem ausgestreuten Gift eingingen. Ab und zu sah ich ein bekanntes, meist hageres und bleiches Gesicht, das krampfhaft an mir vorbeistarrte. In Zürich würde nie jemand dazu stehen, abgestürzt zu sein, auch wenn es noch so offensichtlich war. Die Leute verschwanden, und einige tauchten eines Tages wieder auf, was dazwischenlag, war kein Thema. Manchmal entdeckte ich alte Wichtigtuer, die ihre Arroganz beibehielten, auch wenn offensichtlich war, dass sie es nicht mehr lange machen würden. Hielten sich wohl für Jim Morrison oder so was. Waren auch ähnlich nervtötend. Obwohl sie, um zum Ende zu kommen, meist länger als die 25 pathetischen Minuten brauchten, mit denen man mich in meiner Jugend oft genug gequält hatte. Wie man eine einfache Aussage wie »Es ist vorbei, Freunde« derart in die Länge ziehen und jaulen konnte, war mir nicht nur unverständlich gewesen, ich hatte es gehasst. Zum Glück fand ich dann eine Ramones-Platte und neue Freunde.

Ich erreichte die rettende Silberkugel. Der Kellner war diskret genug, zu tun, als wenn nichts wäre, und fragte mich nur nach meinen Wünschen. Ich orderte Gemüseburger mit Käse, Fritten, einen halben Liter Mineral. Dann noch mal einen und zwei Kaffees. Dazu die großen Buchstaben des *Blick*, und schon ging es mir besser. Zumindest dem Körper. Ich ließ auf zwanzig Franken aufrunden und trat wieder auf die Langstraße hinaus. Es war Zeit, nach Hause zu gehen und Buße zu tun. So hatte ich es nicht eilig, während ich ein wenig aufrechter und gefestigter die Langstraße wieder hinunterschlenderte. Ich studierte die Passanten, die Schaufenster, in denen seit Monaten oder sogar Jahren dieselbe Auslage präsentiert wurde: Modelleisenbahnen im Käseladen zum Beispiel. Dann schaute ich den Autos nach: Fiat Uno, St. Gallen; Mercedes irgendwas, Zürich; irgend so ein Japaner-Bonbon, Basel-Stadt; VW Golf, Tessin; Porsche, Zürich; Porsche? Porsche, schwarz, Karateschule-Aufkleber! In dem Moment, da ich den Wagen sah, wusste ich wieder, wo ich den Blonden mit der schönen jungen Frau aus der Widder-Bar hintun musste. Das war sein Porsche. Todsicher. Ich hatte ihn und das Auto auf dem Baumannhof gesehen. Er war der Blonde, den Albert vom Hof geworfen hatte. Verflucht! Ich las die Nummer laut und wiederholte sie sofort: *ZH 12775, ZH 12775*. Zum Glück hatte der Angeber eine tiefe Nummer, das war sicher nicht billig gewesen. Ich legte einen Schritt zu, weil ich gern in den Wagen geschielt hätte, ob wirklich der blonde Angeber drin saß, aber der Porsche war schneller. Ich bog nach rechts und marschierte, die Autonummer vor mich herbetend, zum Polizeiposten Militärstraße. Der Polizist hinter der Theke schaute gelangweilt hoch und kam dann in bester John-Wayne-Manier an den Tresen. »Ja?«

»Ich brauche eine Auskunft, einen Autohalter. ZH 12775.«

»Wegen?«

»Ich habe dem Mann eine Beule ins Auto gemacht und versprochen, heute Mittag anzurufen. Leider hab ich den Zettel mit der Telefonnummer weggeschmissen und nur den mit der Autonummer behalten.« Hilfe suchend und gleichzeitig entschuldigend hob ich die Hände und zog den Kopf ein. Bürger viel dumm.

Der Polizist schaute mich an, er kaute einen Zahnstocher.

»Okay.«

Er ging die zwei Meter zum Telefon zurück und setzte sich wieder. Es war wirklich wie beim Sheriff. Entweder waren die Western realistischer, als ich bisher gedacht hatte, oder sie hatten diesem Mann als Inspiration gedient, den Polizeiberuf zu ergreifen.

»Salü Charles, ich brauche eine Nummer. ZH 12775.« Der Gesetzeshüter spielte mit seinem Kugelschreiber und wippte mit dem Kopf.

»Aha«, sagte er schließlich und notierte sich etwas.

»Merci gell, jawohl, tschau!«

Er stand wieder auf, als gelte es, sich nun in den Saloon hinüberzubegeben und Freiwillige im Kampf gegen Frank Miller und seine Bande zusammenzutrommeln. Natürlich würde sich niemand melden. Feiglinge!

»Da!« Er streckte mir den Zettel hin.

J&F Consulting, Bleicherweg 13 stand drauf.

»Das ist es, genau«, nickte ich, obwohl ich ja eigentlich eine Telefonnummer suchte. »Merci vielmals!«

»Schon gut.« Leider hatte er keinen Hut, an den er tippen konnte.

Ich machte die Geste und sagte »See ya!«

Er nickte bedächtig. Beim Überqueren der Langstraße hatte ich schon wieder einen Heidendurst und wollte noch schnell in den Denner, um ein paar Flaschen Valserwasser zu holen. Der Quartierladen war mir zu weit weg. Ich musste für meine weiteren Aktivitäten frisch sein. Ein paar Leute standen vor dem Laden, was nicht weiter verwunderlich war, aber etwas stimmte nicht.

»Ist geschlossen«, sagte ein bleicher, dünner Mann in einem olivgrün-lila Trainer.

Da raste auch schon ein Streifenwagen heran, zwei Polizistinnen sprangen heraus und klopften an die Tür des Supermarktes. Es wurde ihnen geöffnet. Sie stürzten sich auf einen großen Schwarzen, der neben der Kasse stand. Eine Angestellte hatte auf ihn gezeigt und etwas gesagt, das wir Zaungäste nicht verstanden. Die Polizistinnen versuchten ihm Handschellen anzulegen, aber sie brachten seine Arme nicht zusammen. Die eine schlug mit ihrem modernen Schlagstock, der mit dem Seitengriff, auf ihn ein, bis ihr der Stock entglitt. Schließlich gelang es ihnen, ihn mit einer Hand an ein Geländer bei den Einkaufswagen zu ketten. Sie rissen ihm den Rucksack weg und warfen den Inhalt auf den Boden. Ein Block, drei Videokassetten, Schreibzeug. Kein Diebesgut. Dann rissen sie ihm die Jacke herunter und durchsuchten auch diese. Nichts!

Draußen begann das Gemurmel. Ein fetter Freier, schon leicht angeheitert, unterstützte die Frauen: »Gebt's ihm, dem Sauhund, gottverdammtes Pack!« Die Säufer, wie gesagt, immer auf Seiten der Starken.

Die Junkies hingegen empörten sich über das harte Vorgehen der Polizei: »Die spinnen, der hat doch gar nichts. Brutalobullen!«

Einen kleinen, breiten Südländer, Portugiese vielleicht, interessierte mehr der technische Aspekt. Er mutmaßte, dass der Schwarze wohl etwas vorne in die Hose hineingesteckt habe. Der wehrte sich wieder ein wenig, als sie ihn abtasteten, und die eine Polizistin stieß ihm mit Schwung ihren Stock in die Nieren, fünf-, sechsmal. Der große Mann verzog keine Miene, ich hingegen zuckte zusammen, das musste ziemlich wehtun. Angewidert und fasziniert stand ich vor dem Schaufenster. Da rollte ein Kastenwagen heran, ein weiterer Polizist stieg aus und wurde in den Laden gelassen. Er band dem Mann die Hände auf den Rücken. Alle schauten zu, auch der Kassierer. An der Kasse stand ein kleiner Blonder, den ich von früher kannte, war mal ein Skinhead gewesen, sah jetzt aber eher nach Sozialfall aus. Er nahm eine der beiden Flaschen Weißwein, die er in seinem Korb hatte, steckte sie in seine Jacke und zog den Reißverschluss ganz hoch. Der Kassierer konzentrierte sich wieder auf die Kasse, der Blonde zahlte die andere Flasche und ging zum Ausgang. Dort schaute ein weiterer Angestellter in seine Einkaufstüte und ließ ihn gehen. Das nannte ich Instinkt für die günstige Gelegenheit. Es gab der ganzen Sache eine komische Note. Unter der Nase von drei Polizisten und drei Angestellten, die ein Riesentheater machten um einen, der nichts geklaut hatte, etwas zu klauen – das war nicht ohne. Fast wäre ich dem Ex-Skin nachgegangen und hätte ihm die Hand auf die Schulter gelegt, »Moment bitte« gesagt und zugeschaut, wie ihm das Herz stehen blieb. Ich ließ es sein.

Keineswegs lustig war es für den Schwarzen, der jetzt hinausgeführt und in den Kastenwagen verfrachtet wurde.

»Discrimination«, sagte er laut auf Französisch. Der Wagen fuhr ab, und ich ging auch weiter.

Was soll man tun in so einem Moment? Den Posten stürmen, bevor John Wayne weiß der Geier was mit ihm anstellte? Nein, man war zu beschäftigt. Warum hatte er am Ausgang seinen Rucksack nicht gezeigt? Jeder musste das in dieser Denner-Strafkolonie tun. So viel Ärger wegen nichts, wie konnte man das auf sich nehmen. Wahrscheinlich war es einfach das eine Mal zu viel gewesen, das eine Mal, dass man schon wieder die Taschen leeren muss, weil man schwarz ist. An der Langstraße wurde alles, was schwarz und männlich war, ausgesackt, ob es sich um den Angestellten des Euro-Coop, Kids aus der Nachbarschaft oder sogar Kinder mit Schulsack handelte. Es konnte nicht die reine Dummheit und Ignoranz der Polizei sein, die solches veranlasste. Es war weiß Gott nicht so schwierig, die wenigen schwarzen Kokainhändler, die es trotzdem noch gab, zu erkennen. Ich konnte das sogar, ohne mich um die Drogenszene zu scheren. Bei den Weißen konnte es die Polizei ja auch. Noch nie war ich kontrolliert worden, obwohl ich täglich hier entlangging. Und durchaus auch mal in mehr als zweifelhaftem Zustand.

Ich war der Letzte, der dem Letten nachtrauerte, und ich hatte sogar Verständnis für Bullen, die die Nerven verloren, wenn sie immer wieder die gleichen Leute einsacken mussten. Leute, die ein Riesentheater machten, die Polizei beschimpften und sowieso bald wieder auf der Gasse waren. Aber warum ging es immer wieder den Schwarzen an den Kragen?

An solchen Tagen hasste ich das Quartier mit all seinem Dreck, seinem Elend, seinen Drogen. Mit seinen Bullen, seinen gelben, vergifteten Vogelscheuchen, seinen fetten Vätern, seinen unter weiß Gott was für Versprechungen hergelockten und auf den Strich geschickten Frauen, seinen Aufschneidern, seinen Absahnern und seinen tollen Typen, die stolz erzählten, wie sehr sie den Preis für irgendeine sexuelle Dienstleistung oder Erniedrigung zu drücken vermocht hätten. Dabei waren sie noch überzeugt, Gutes zu tun, Entwicklungshilfe zu leisten. An solchen Tagen sah man einfach zu deutlich, wie niederträchtig, fies, gewalttätig, heruntergekommen, verzweifelt und hoffnungslos der Mensch war, in allen Schattierungen derselbe gottverfluchte Müll. Zeit, dass die Welt unterging. Warum hatte es Ronald Reagan damals unterlassen, den ominösen Knopf zu drücken? Alles wäre so schön bereitgestanden. Oder jener russische Präsident, dessen Name niemand mehr kannte, Juri Andropow oder

Konstantin Tschernenko. Die Welt sähe besser aus, sauberer, ruhiger auf alle Fälle. Und den Denner gäbe es auch nicht mehr.

Mit solch trüben Gedanken ging ich ohne Mineralwasser in meine Wohnung zurück und konnte beim besten Willen nicht bei Rita anrufen, um mich zu entschuldigen.

Stattdessen zog ich den Anzug wieder an, nahm ein paar Pillen und fuhr zu Rothenbühler. Ich läutete und trat ein.

Mónica telefonierte wieder einmal, als ich hereinkam. Sie schien mich nicht zu erkennen. Mein Anblick löste keinerlei Veränderung in ihrem Gesicht aus.

»Hey, wie gehts?«, lächelte ich. Da stimmte etwas nicht, so sensibel war ich dann doch noch. Ich hatte mich nicht mehr gemeldet seit jenem Sonntag, ich Idiot! Damals war die Welt noch in Ordnung und richtig schön gewesen. Das musste in einem anderen Leben gewesen sein. Mónicas Gesichtsausdruck hielt mich davon ab, ihr einen Kuss zu geben. Ehrlich gesagt war mir auch überhaupt nicht danach. Ich blieb einfach vor ihrem Schreibtisch stehen.

»Der Chef ist nicht da«, zischte sie und knallte den Hörer auf den Apparat. Sie warf mir einen Blick zu, der mich rückwärts aus der Tür treiben sollte, aber ich blieb standhaft. Nur meine Innereien wirbelte es durcheinander. Es war kein Tag, um sich zu entschuldigen oder etwas zu erklären. Ich mochte nicht. Ein andermal vielleicht.

»Sind die Ordner noch hier?«, fragte ich. Sie zeigte hinter sich, wo die Papiertüten standen.

»Ich bräuchte noch ein paar Kopien«, bat ich vorsichtig.

»Dann mach dir welche!«, knurrte sie. »Aber nicht hier.«

»Gut, dann gib mir einen der Ordner.«

»Hol ihn dir.«

Das tat ich. Mónica wählte unterdessen eine Nummer. Mit dem Ordner unter dem Arm stand ich vor dem

Schreibtisch. Mónica sprach in den Hörer. Sie machte mit der Hand eine Geste, als wollte sie eine lästige Fliege verscheuchen. Ich machte eine Geste, die telefonieren bedeutete, und sie machte eine Geste, von der ich nicht wissen wollte, was sie bedeutete. Heute war wirklich ein gottverdammter Hundescheißtag.

Als ich die Tür hinter mir zuzog, hörte ich sie »Wixer« sagen.

»Gottverdammter Wixer.« Wahrscheinlich hatte sie gar nicht telefoniert.

Ich setzte mich einfach in das Zweier-Tram, einen Kopierladen würde ich schon finden. Weil ich kein Bedürfnis verspürte, die Plage Mitbürger anzuschauen, blätterte ich im Ordner. Das meiste waren Kontoauszüge und Depotverzeichnisse, zumindest stand das auf den teils querformatigen Papieren drauf. Es waren ein Haufen Zahlen und Listen, plus Abrechnungen und Korrespondenz. Bingo. Da waren auch Sachen von der J&F Consulting darunter, einiges sogar. Ich las einen der Briefe: *... bestätigen wir den Transfer obengenannter Valoren gemäß Ihrem Auftrag vom ...* Das sagte mir nichts. Unterschrieben hatte ein Jean-Jacques Berger. Ich kam nicht dazu, die Papiere weiter durchzusehen, denn das Tram fuhr auf den Paradeplatz. Die Uhr beim Sprüngli zeigte halb fünf. Es war keine Zeit mehr, Kopien zu machen.

Ich ging an den Bleicherweg und suchte die Nummer 13. Tatsächlich gab es dort im 1. Stock eine J&F Consulting. Die Haustüre war offen, die Treppe aus weißem Marmor wirkte abgetreten, das Haus war zwar edel, aber schon recht alt. Früher war das hier in der Nähe der Börse gewesen, bevor sie umgezogen war.

Eine weißlackierte Tür trug das Schild *J&F Consulting*. Oben links linste eine kleine Kamera wie ein fettes, lauerndes Insekt zu mir hinunter. Hier konnte man nicht einfach läuten und eintreten, sondern nur läuten. Aber schon surrte die Tür, und ich durfte ins Allerheiligste. Der Vorraum, den ich betrat, war mit einem schweren, dunklen Teppich ausgelegt, rechts befand sich eine Garderobe, links eine Skulptur, geradeaus hing ein abstraktes Bild. Daneben befand sich eine Glastür, und dahinter stand ein Schreibtisch, an dem eine Frau saß. Sie lächelte mir zu, und ich ging hinein. Sie war etwa fünfunddreißig Jahre alt, von einer zurückhaltenden Schönheit und picobello zurechtgemacht. Ohne ihr seltsam echtes Lächeln abzustellen, fragte sie mich nach meinen Wünschen.

»Ist Herr Berger da?«, beschränkte ich mich zu fragen und lächelte ebenfalls. Wünsche hätte ich noch ganz andere gehabt.

»Haben Sie einen Termin?« Sie schaute geradezu erwartungsvoll, ob aus Höflichkeit oder aus Neugier, wusste ich nicht. Wahrscheinlich sah ich nicht so aus wie einer, der einen Termin bei Herrn Berger hatte. Falls es überhaupt der Herr Berger war, zu dem ich wollte.

»Nein«, antwortete ich treuherzig. »Ich habe hier etwas für ihn, das ihn sicher interessieren wird. Etwas, das er verloren hat.« Sie schaute mich noch immer an, als sei sie überzeugt, dass ich ein feiner Mann war und es sicher noch zu etwas bringen würde im Leben. Wenn sie das wirklich meinte, dann hatte sie sich getäuscht.

»Ich werde schnell nachsehen. Wen darf ich melden?«

»Baumann, Werner Baumann.«

Der Name schien ihr nichts zu sagen, oder sie ließ sich nichts anmerken. Sie nahm das Telefon ab und drückte einen Knopf. Unwillkürlich dachte ich an Mónica, aber es betrübte mich, und ich verjagte den Gedanken wieder.

»Herr Berger. Ein Herr Baumann ist hier, er habe etwas

für Sie, etwas, dass Sie verloren hätten ... Nein ... Hat er mir nicht ... Nein ... Gut.« Sie hängte wieder auf, und ihrem Gesichtsausdruck nach hatte ich soeben das große Los gezogen.

»Kommen Sie.«

Über einer olivgrünen Seidenbluse trug sie einen grauen Kaschmirpullover mit einem V-Ausschnitt. Um den Hals hatte sie eine lange goldene Kette mit einem weißen Anhänger, der, völlig unnötig, ihren prächtigen Brustansatz betonte. Sie war groß, schlank, ein dezenter Rock, der zur Bluse passte, ließ ihre runden Hüften sehen, die Beine in seidenen Strümpfen, elegante grüne Schuhe an den Füßen. Eine perfekte Frau, das konnte fast nicht wahr sein. Mit ihren rötlichen, gewellten Haaren und grünblauen Augen sah sie vornehm, intelligent und nett aus. Vielleicht war sie das alles ja auch.

»Bitte«, sagte sie und öffnete die Tür, die vom Vorraum aus nach rechts führte.

Es war der Blonde. Er kam hinter einem riesigen, modernen Glasschreibtisch hervor, auf dem ein Flachbildschirm und allerlei elektronisches Gerät standen. An den Wänden hingen moderne Bilder. Der Raum war hell, wodurch er erleuchtet wurde, war nicht ersichtlich. Nur durch das Fenster konnte all das Licht nicht kommen. Der Teppich war blau, auch hier stand eine abstrakte Eisenskulptur, sie war hoch und schmal, viereckige polierte Eisenstäbe, die eine Art Doppelkubus bildeten. Berger, der Blonde, kam auf uns zu. Er trug ein ultramarinblaues Hemd mit feinen gelben Streifen, eine Fabric-Frontline-Krawatte und dunkelgraue Anzughosen, an den Füßen teures schwarzes Schuhwerk. Sein Gesicht war gebräunt, Solarium oder Sommerferien, das war schwer zu sagen. Es war ein gesundes Bergbraun, was seine blonden Haare und Augenbrauen noch heller wirken ließ. Seine stahlblauen Augen leuchteten.

»Ist gut, Aline«, lächelte er der schönen Sekretärin zu, die diskret nickte und die Tür hinter sich schloss. Berger stand vor mir und hielt mir die Hand hin.

»Herr … wie war gleich der Name?« Er lächelte noch breiter, eigentlich bleckte er die Zähne. Ein Wolf. Oder ein Hund zumindest. Ein dicker Hund!

»Roggenmoser, Hugentobler, Baumann, spielt im Moment keine Rolle.«

»Setzen Sie sich doch«, bot er an, seine Hand zurückziehend und hinter seinem Schreibtisch Platz nehmend.

Ich setzte mich und legte den Ordner auf den Tisch.

»Sie haben etwas für mich?«, fragte er freundlich, aber nicht übermäßig interessiert.

»Ja, das hier!« Ich schob den Ordner zu ihm hinüber. Er blätterte darin, ließ sich aber noch immer nicht viel anmerken.

»Und?«, fragte er unbestimmt. Seine Stimme bröselte ganz leicht. Er hatte es nicht so cool gebracht, wie er es gerne gewollt hätte. Jetzt war es an mir, zu lächeln.

»Es gibt noch mehr davon, wie Sie wissen. Sie suchen die Ordner, und ich weiß, wo sie sind.«

»Sie schlagen mir ein Geschäft vor?«, fragte er und lehnte sich nach vorn über den Schreibtisch.

»So kann man es auch nennen.«

»Was wollen Sie?«

»Informationen, den ganzen Hintergrund dieser Ordner, was drinsteht, was Baumann damit zu tun hatte, was Mettler, was Sie.«

»Und dann?« Tja, was dann? Ich wusste es selber nicht so genau.

»Dann sehen wir weiter«, sagte ich freundlich.

Berger lachte: »Sie gefallen mir!« Er erhob sich. »Hören Sie, ich habe einen dringenden Termin um fünf. Ich mag Leute wie Sie, Leute mit Biss. Wissen Sie was, kommen Sie doch heute zu mir zum Abendessen. Dann können wir uns besser kennenlernen. Das wird sicher ein interessanter Abend.« Seine Begeisterung sah beinahe echt aus.

»Wenn Sie meinen, mir kommt's nicht drauf an«, antwortete ich gelangweilt.

»Das freut mich, das freut mich wirklich. Es tut mir leid, dass ich Sie hier so stehen lassen muss, aber …« Er erhob sich halb von seinem Stuhl und stützte sich auf die Tischplatte.

»Kein Problem!« Ich hob beschwichtigend die Hände.

»Also dann, heute Abend. Aline wird Ihnen meine Adresse geben.« Er stemmte sich hoch, kam mit der Hand wie zufällig an den Ordner, zögerte kurz, ließ die Hand liegen und sah mich an. Ich stand ebenfalls auf, ergriff den Ordner mit beiden Händen und nahm ihn vom Tisch.

»Vielleicht bringe ich ihn heute Abend mit, anstatt Blumen.« Berger lachte wieder, laut und kräftig, so wie er in der Bar gelacht hatte: »Sie gefallen mir wirklich.«

Schwungvoll kam er um den Tisch herum und klopfte mir leicht auf die Schulter.

»Also dann bis heute Abend, sagen wir um acht. Nach Ihnen.« Er geleitete mich zur Bürotür und an das Pult der Rothaarigen.

»Aline, gib dem Herrn meine Privatadresse«, wies Berger die Schöne an, die sich darüber zu freuen schien.

»Dann bis heute Abend«, sagte er noch einmal und legte mir die Hand auf den Unterarm. Dass ich nicht gerne Hände schüttelte, hatte er schnell begriffen. Dann verschwand er durch die Tür gegenüber. Die Sekretärin rollte mit dem Stuhl zurück, zog eine Schublade auf und bückte sich darüber, sodass im V-Ausschnitt ein Hauch ihres Brustansatzes sichtbar wurde. Sie gewährte mir den Anblick ein paar Sekunden, ehe sie sich wieder aufrichtete. Sie stand auf und reichte mir eine Karte.

Jean-Jacques Berger, Aurorastr. 12, 8006 Zurich, Switzerland, Fax und Telefonnummer sowie eine E-Mail-Adresse standen drauf. Ich bedankte mich höflich und verließ das Büro.

Zu Hause schaute ich als Erstes – halb besorgt, halb hoffnungsvoll – auf den Telefonbeantworter. Er blinkte nicht. Er war gar nicht eingeschaltet gewesen. Eine Weile saß ich neben dem Telefon und überlegte, wen ich zuerst anrufen sollte, Mónica oder Rita. Da wurde ich auf einmal schrecklich müde und musste mich hinlegen. Es gelang mir eben noch, den Wecker auf sieben Uhr zu stellen. Sofort entglitt ich auf einen Traumozean, auf ein großes Segelschiff. Rita war da und Mettler und Bruno, und ich war der Kapitän, hatte aber keine Ahnung, was wir eigentlich da sollten, weil ich doch in einer Stunde ganz woanders zum Abendessen eingeladen war. Es herrschte jedoch Krieg, und alle wollten Anweisungen von mir. Ich begann vom Skifahren zu erzählen, als breitseits ein Schiff anlegte, und ein Haufen Schwarzer an Bord sprangen, die ein furchtbares Gemetzel anrichteten. Der Anführer war groß und schrie immer wieder: »Discrimination!« Es war der Mann aus dem Denner. Ich versteckte mich hinter einer Truhe, und als ich eben entdeckt und hervorgezerrt wurde, läutete der Wecker.

Ich war schweißgebadet und starr vor Schreck. Zuerst einmal musste ich heiß und kalt duschen, um wieder zu mir zu kommen. Dann zog ich frische Kleider an. Scheiß auf den Anzug, ich brauchte niemanden zu beeindrucken. Ich zog weite blaue Hosen an, einen grauen Rollkragenpulli mit Reißverschluss und einen dünnen schwarzen Wollpullover. Ich nahm die Beretta, die ich Bruno einst abgekauft hatte, und steckte sie vorne in die Hose. Mit einem Stoffgürtel band ich sie mir vor den Bauch, sodass ich bequem sitzen konnte. Heute durfte nichts mehr schiefgehen. Heute würde man mich nicht aufs Kreuz legen. Weil alles länger gedauert hatte und ich mich schlapp und schläfrig fühlte, nahm ich an der Langstraße ein Taxi. Wenn schon auf den Zürichberg, dann standesgemäß.

Der Taxifahrer war groß und breit, hatte kurze blonde Haare und rauchte ununterbrochen Marlboro Light. Der Trainingsanzug wies ihn aus als Bürger eines kriegsgeplagten Mittelmeerstaates oder was davon geblieben war. So verschieden konnten doch die Menschen gar nicht sein, wenn alle dieselben Trainer trugen. Die Schwarzen waren auf Marken wie Nike oder Fila abonniert; die Italiener bevorzugten Hosen von Adidas, Diadora oder auch Fila und Fußball- oder Muskel-T-Shirts. Die Jungmodernen trugen alte Nabholz- oder Adidasjäckchen. An ihrem Trainer sollt ihr sie erkennen. Mir selber war es peinlich, im Trainer auch nur an den Kiosk hinunterzugehen, um eine Zeitung oder Zigaretten zu holen. Ich bevorzugte es, richtige Hosen anzuziehen, obwohl die halbe Welt im Trainer herumlief.

Immerhin hielt der Fahrer den Rand, außer ein paar nach Fluchen klingenden Worten, die er nicht an mich richtete.

Das Haus an der Aurorastraße 12 war eine alte Villa, die umgebaut worden war und jetzt drei Wohnungen beherbergte. Berger wohnte zuoberst. Auf mein Läuten hin meldete sich eine weibliche Stimme.

»Ehm, ich komme zum Essen«, sagte ich nicht eben souverän.

»Ich weiß, kommen Sie herauf, zweiter Stock, ganz oben.« Der Summer ertönte, und ich trat durch die schwere Eichentür.

Das Treppenhaus war hell und breit. Hier war der Marmor nicht abgetreten, wohl auch noch nicht so alt wie der in Bergers Büro. Und er war schwarz. Glänzende Topfpflanzen standen auf den Absätzen. Auch das Treppengeländer war blitzblank poliert. Protz und Prunk!

Locker erreichte ich den zweiten Stock und läutete am goldenen Klingelknopf unter dem Schild, auf dem *J. J. Berger* stand. Die Tür öffnete sich, und vor mir stand die junge Frau aus der Widder-Bar. Sie war tatsächlich recht jung, Anfang zwanzig vielleicht, ihre Haut war wie die von Berger gebräunt. Im Gegensatz zu der Sekretärin war sie eine auffällige Schönheit. Sie hatte dunkle Augen und fast schwarze Haare, die sie zu Zöpfen geflochten hatte, ihre vollen Lippen schimmerten grünlich, im rechten Nasenflügel blitzte ein Brillant. Wahrscheinlich ein echter. Diesmal trug sie kein Lederkleid, sondern einen superkurzen Minirock und Stiefel bis übers Knie, aus denen aber noch ein Stück weiß schimmernder Strümpfe ragte. Sehr reizvoll im Kontrast zu ihren braunen Oberschenkeln. Über dem nackten Bauchnabel, an dem ein Ringlein mit einem Klunker glitzerte, hatte sie ein enges langärmliges T-Shirt an, knatschblau und glänzend, die Warzen ihrer festen, runden Brüste zeichneten sich durch den Stoff ab. Ein edler Technolook, der ihre Jugend und ihren makellosen Körper unterstrich. Erst jetzt sah ich, dass sie auch unter der Lippe ein Piercing hatte.

»Schoschi kommt gleich, kommen Sie doch herein.« Ihre Stimme war erstaunlich rau und ziemlich sexy.

Ich trat einen Schritt vor, sie empfing mich mit den üblichen drei Küssen, als würden wir uns schon ewig kennen.

Ich wehrte mich nicht. Sie duftete wie der Frühlingswind in einem abendlichen Eichenwald. Ihre Brüste berührten meinen Arm, und mir stockte der Atem. Ob das Absicht gewesen war?

»Gib mir deine Jacke.« Die Siez-Phase hatten wir ja schnell hinter uns gebracht. Sie hängte meine abgetragene Baseballjacke, für die ich mich jetzt doch ein wenig schämte, an eine Garderobe. Die war wahrscheinlich vom selben Künstler geschaffen worden, von dem auch die Skulptur in Bergers Büro stammte. Sie war jedenfalls ähnlich chromglänzend und unpraktisch.

»Komm«, sagte die Schöne und nahm mich am Arm. Sie führte mich geradeaus durch eine Schiebetür. Wir traten in eine Art Wohnzimmer oder Salon. Weiß der Geier, wie man zu solchen Räumen sagte. Die Leute, die ich kannte, hatten Küchen und Stuben, aber keine so großen Räume, in denen allerlei ausgesuchtes Mobiliar Platz fand. Die Aussicht war umwerfend. Nicht die auf die junge Frau. Durch die Fensterfront sah man auf die Stadt und den See hinunter. Unwillkürlich ging ich bis zum Fenster und schaute hinaus. Von oben war Zürich einfach schön. Der Zürichberg war nicht umsonst das Villenviertel. Abgesehen davon, dass man mehr Sonne hatte, fühlte man sich wirklich erhaben, geborgen und ruhig. Ein Gefühl, das die Leute, die hier wohnten, sowieso hatten, während die, die es bitter nötig brauchten, ich zum Beispiel, es nie schaffen würden, sich hier oben niederzulassen. Es war halt schlecht eingerichtet auf der Welt.

»Nett hier«, sagte ich anerkennend. Sie hatte meinen Arm losgelassen und war stehen geblieben.

»Ja, es ist eine gute Wohnung.« Wie hätte ich etwas anderes annehmen können.

»Willst du dich nicht setzen? Wie heißt du überhaupt,

Schoschi wollte es mir nicht sagen.« Sie kicherte, als wäre das lustig bis anzüglich.

»Köbi. Ich heiße Köbi«, stellte ich mich vor und wusste nicht warum. Ich stellte mich nie so vor. So nannten mich nur Leute, die mich schon ewig kannten.

»Ich heiße Maribel, aber die meisten sagen Mo.« Diese Tatsache schien sie äußert vergnüglich zu stimmen. Ich unterließ es zu fragen, warum sie dann nicht »Ma« gerufen wurde. So nannte sie wahrscheinlich ihre Mutter.

Ich setzte mich auf das graue Ledersofa, zu dem sie mich drängte. »Willst du etwas trinken, Köbi. Ein Glas Champagner vielleicht?«

»Hm.«

»Ich hole ihn gleich.« Damit verschwand sie, und ich schaute mich im Raum um. Der Boden war gekachelt und temperiert. Teppiche mit geometrischen Mustern lagen darauf. Alles war sehr modern und sah sehr teuer aus. Eisen, Leder, Chrom und Holz. Eine Menge Luft dazwischen. Links ein Cheminée, das unbenutzt aussah, rechts ein Eisengestell, das schief und verzogen war, als hätte es ein Abgänger des Arbeitsamts-Schweißkurses fabriziert. Wahrscheinlich hatte es irgendein angesagter Designer geschaffen. Die Bretter darin waren aus dunklem Holz, und es sah zugegebenermaßen nicht schlecht aus, richtig *Mad-Max*-mäßig. Erst bei genauem Hinschauen erkannte ich die Stereoanlage, die darin untergebracht war. Sie hatte Frontseiten aus Eisen, und die Regler waren in dem dunklen Holz gehalten. Die vier Boxen in den Ecken sah ich auch erst jetzt, sie waren schmal und hoch. Ich wollte aufstehen und die CDs anschauen, die neben der Anlage gestapelt lagen oder im Gestell eingeräumt waren. Die Plattensammlung sagt ja viel aus über einen Menschen. Ich würde wetten, dass es hier CDs von Sting gab, wahrscheinlich auch von Massive Attack, die aber nichts dafür konnten.

Ich war nur in der Lage, die Unterhaltungssektion zu beurteilen. In die ernsten Bereiche, Jazz und Klassik, hatte ich noch immer nicht recht gefunden, obwohl ich mir am Flohmarkt hin und wieder ein paar solcher Scherben kaufte, Orgelkonzerte, Opern, elektronisches Gefiepe, alter scheppernder Jazz, sechs Stück zu zehn Stutz.

Da kam Berger herein. Oder Schoschi. So erhob ich mich nur höflich aus dem Sofa, anstatt in den CDs zu wühlen.

»Köbi, freut mich, dass du gekommen bist.« Er kam auf mich zu und klopfte mir auf die Schulter, dann ließ er sich zu meiner Rechten in einen Sessel fallen. »Ah«, seufzte er genüsslich. Anscheinend hatte er geduscht, seine blonden Haare glänzten. Er war locker und ungezwungen angezogen. Blaue Jeans, wahrscheinlich Joop, Armani oder so was, und ein hellgrau gestreiftes T-Shirt, das eng genug war, um zu zeigen, dass Berger auch schon ein Fitnesscenter von innen gesehen hatte. Ich hatte zu viel an und zog den Reißverschluss meines Rollkragenpullis auf. Mo kam mit dem Champagner und einer Schüssel Salzgebäck, also stießen wir an. Eigentlich hatte ich mir vorgenommen, nichts zu trinken, aber ich benötigte eine Stärkung, die Sauferei der letzten Tage, der Schlaf und vor allem der Traum hatten mich geschwächt. Noch immer fühlte ich mich nicht ganz wach. Es war, als könnte ich jederzeit zurückfallen und wieder auf dem Schiff erwachen. Das galt es zu vermeiden.

»Es freut mich wirklich, dass du gekommen bist«, sagte Berger noch einmal. Ich wollte eigentlich am Champagner nippen, trank das Glas aber in einem Zug aus. Berger tat es mir gleich, lächelte und füllte die Gläser nach. Mo drapierte sich reizvoll auf die Lehne des Sessels, in dem Berger saß.

»Verstehst du etwas von Banksachen?«, fragte Berger aufgeräumt. Er sah wohl, dass ich zum Smalltalk nicht taugte.

»Nicht wirklich«, gab ich zu.

»Ist auch eine verdammt komplexe Sache«, meinte er und nippte an seinem Champagner: »Grundsätzlich ist es so, dass …« Er begann zu reden und erklärte mir Rendite, verändertes Umfeld, Performance und all solchen Kram. Mo füllte mein Glas auf, das schnell wieder leer geworden war. Mir war nicht ganz klar, was Berger mit dem Gelaber bezweckte. Er konnte doch nicht im Ernst meinen, ich sei wegen dieser Art Information gekommen. Mir war es aber egal, wahrscheinlich würden wir erst nach dem Essen zur Sache kommen. Da läutete eine helle Glocke.

»Ah, das Essen ist fertig.« Berger und die junge Frau standen auf, er legte ihr die Hand auf den Hintern und gab ihr einen Kuss. »Wenn ich bitten darf …«, wandte er sich an mich, und ich erhob mich aus dem Sofa. Einen Moment sah ich Sterne, mir war leicht schwindlig. Ich tat, als schaute ich zum Fenster hinaus.

Berger öffnete eine Flügeltür, die ich gar nicht bemerkt hatte, und geleitete mich hindurch. Das Speisezimmer offenbar. In der Mitte stand ein Esstisch mit sechs Stühlen drum herum. Die Tischplatte war aus dunklem massivem Holz, in der Mitte war eine schwarze Steinplatte eingelassen. Die Stühle waren aus demselben Holz, die Polster und Lehnen mit einem hellgrauen Material überzogen, das wie Wildleder aussah, aber keines war.

Sie mussten gerade erst angeschafft worden sein, denn sie hatten noch keine Flecken. Das würde sich geändert haben, wenn ich vom Tisch aufstand. Ein vielarmiger Leuchter hing über dem Tisch. Berger ließ sich am Tischende nieder, ich saß zu seiner Rechten, Mo mir gegenüber.

Es war ein Eckzimmer, denn als ich an der jungen Frau vorbeischaute, sah ich auf den hinteren Teil der Stadt hinunter. Wirklich nicht schlecht, die Loge!

»Ich hoffe, du magst die indische Küche«, zirpte Mo. »Wir sind Vegetarier, weißt du.« Sie sah mich mit einem Augenaufschlag an, als hätte sie sich eben als die dreifaltige Lukrezia vom Vrenelisgärtli offenbart. Berger lachte ein wenig gezwungen, wahrscheinlich aß er zum Businesslunch Steaks und mit seinen Karateklubkollegen Currywurst am Stand vom Biergarten.

Überall das Passende.

»Das ist tipptopp«, beeilte ich mich zu sagen: »Ich bin auch Vegetarier, wenn auch Fastfood-Vegetarier. Ich ernähre mich hauptsächlich von Gemüseburger und Fritten.«

»Das ist gut, Fastfood-Vegetarier, das ist wirklich gut«, freute sich Berger, und ich hätte gerne gewusst weshalb.

Eine asiatische Frau undefinierbaren Alters, Philippinin vielleicht, klein und fest, mit einer weißen Schürze angetan, schob einen Servierwagen herein. Sie kam mit verschiedenen Platten und schöpfte jedem eine Auswahl interessanter Formen und Farben auf verschiedene kleine Teller und Schalen. Dazu gab es Reis, und wir tranken einen fruchtigen Weißwein, was vielleicht nicht ganz stilecht war. Das Essen hingegen war lecker, da gab es nichts zu bemängeln. Es war recht scharf und trieb mir das Blut in den Kopf. Mein Schädel pochte und erinnerte mich daran, dass das hier kein Kaffeekränzchen war. Andererseits weckte es mich auch wieder ein bisschen. Am Wein nippte ich nur noch.

Berger erklärte die Speisen, schwadronierte etwas von fernen Ländern und anderen Kulturen, von denen wir noch so viel lernen könnten. Das brachte ihn auf die menschliche Natur, die sich doch sehr gleiche überall auf der Welt. Mo fragte ab und zu etwas, meist nach irgendeinem Fremdwort wie »metaphysisch« oder »inkongruent«. Berger erklärte jeweils jovial, er schien es zu genießen, so viel zu wissen und bewundert zu werden von so einem hübschen Wesen. Na ja, wer konnte es ihm verdenken. Allerdings schien es mir unwahrscheinlich, dass sie diesen Sermon zum ersten Mal hörte. Mein Beitrag zur Diskussion blieb gering, was ihn keineswegs störte. Meist sagte ich nur »so« oder »aha«. Er schien das als Zustimmung zu nehmen. War es aber nicht. Berger teilte die Welt in Sieger und Verlierer ein, beklagte kurz, dass es von den einen so viele gab, und beglückwünschte sich ausführlich, zu den anderen zu gehören. Es war natürlich kein Zufall, dass er dort war, wo er war. Vergleiche aus dem Tierreich wurden bemüht, das übliche Rechtfertigungsbrimborium der Starken und Fiesen.

»Du gehörst auch zu den Siegern, das sehe ich«, meinte er und legte mir die Hand auf den Arm. »Es misst sich nicht nur am Geld. Es gibt Leute, die fast nichts haben, aber ihren Weg gehen, das zählt.«

»Aha.«

»Was machst du eigentlich im Leben?«

Es wäre ja zu verwunderlich gewesen, wenn wir um diese Frage herumgekommen wären.

»Ich bin Störmetzger, aber das Geschäft ist am Arsch«, sagte ich. Diesmal war es Berger, der »aha« sagte. »Drum habe ich auf Ermittlungen umgesattelt, ist ja fast das Gleiche.« So musste ich doch noch ein bisschen wichtig tun und hoffte, damit dem Grund meines Besuches näher zu kommen.

»Selbstständig?«, fragte Berger.

»Und wie«, antwortete ich.

Die Philippinin trug das Essen wieder ab, da niemand einen Kaffee wollte, dirigierte uns Berger wieder in den Salon hinüber. Mo setzte sich neben mich aufs Sofa, sehr nahe neben mich, und schlug die Beine gekonnt übereinander.

»Jetzt, wo wir uns kennen, können wir ja offen sein miteinander«, sagte Berger aufgeräumt: »Ich komme gleich wieder, mach es dir doch gemütlich, die Nacht kann lang werden.« Er verließ das Zimmer. Ich saß steif da und fühlte Mos Hand auf meinem Knie.

»Du bist ein außergewöhnlicher Mann«, hauchte sie und ließ die Augen rollen. Ihre Hand wanderte ein wenig höher, und sie lehnte sich enger an mich. Ihre Brust drückte gegen meinen Oberarm, ich schluckte und beugte mich ein wenig vor, um mich zu befreien. Mir war gar nicht wohl bei der Sache. Sie blieb an mir dran, die Hand auf meinem Oberschenkel, als Berger zurückkam. Er hatte eine Flasche Whisky und drei Gläser in der Hand.

»Machen wir es uns doch gemütlich«, grinste er, goss die Gläser voll, nicht ohne anzugeben, woher der Whiskey kam: Aus irgendeinem Schafstall in den unzugänglichsten schottischen Highlands, wo der Malz über an die Küste angeschwemmten Schiffsplanken und Torf geröstet wurde und so einen Schmarren. Hochexklusiv auf jeden Fall. Dazu musste natürlich eine Havanna gepafft werden, eine gut gelagerte Cohiba. Diese Kombination hatten wir uns schon vor zehn Jahren eingepfiffen, wenn jeweils wieder einer aus den Ferien heimkam, und irgendwie hatte ich die Illusion, dass es damals, in engen Küchen oder auf hanfüberwucherten Dachgärten besser geschmeckt hatte. Reine Nostalgie wahrscheinlich, warum musste man den Wichtsäcken auch alles vormachen. Gelangweilt tunkte ich das Ende der Zigarre in den Schnaps, nahm einen tüchtigen Schluck und wollte zur Sache kommen, als Berger aus seiner Hosentasche ein silbernes Büchslein zog.

»Du nimmst doch auch eine Prise«, grinste er und öffnete das Teil. Mo kicherte, lehnte sich noch enger an mich und ließ ihre Hand weiterwandern.

»Heute Nacht kann alles passieren.« Berger sah mich an, während er sich einen winzigen Silberlöffel zur Nase führte.

Ich stand abrupt auf. Mos Hand war in die Nähe der Beretta gekommen, sodass ich auf die berühmte Mae-West-Frage, ob das eine Knarre in meiner Hose sei, oder ob ich mich nur über ihre Nähe freue, mit Ersterem hätte antworten müssen. Das hätte den Abend sicher ruiniert. Mir schmeckte die Sache sowieso nicht. »Außergewöhnlicher Mann« am Arsch. In dem Alter war ich noch nicht, wo man so einen Quatsch aus dem Mund einer hübschen jungen Frau glaubte. Die Zärtlichkeiten waren zweckgebunden, da gab es überhaupt keinen Zweifel. Kam hinzu, dass ich kein Kokain mochte. Es machte mich müde, deprimiert und zog das Unglück an.

Das Zeug war so verbreitet, es war unglaublich. Die Reichen koksten, die Coolen koksten, die Arbeiter koksten, die Junkies koksten, die Partygänger koksten, die Stubenhocker koksten, die Hippies koksten, die Hip-Hopper koksten, die Besetzer koksten, die Mütter und die Töchter, die Väter und die Söhne koksten, die Kellner koksten, die Gäste koksten. In drei Teufels Namen, sogar Jean Claude Van Damme kokste, und es hatte ihn beinahe ruiniert. Es konnte nichts Gutes sein.

»He, Köbi, was hast du denn? Tu doch nicht so!« Berger schüttelte den Kopf und runzelte irritiert die Stirn. »Nun setz dich doch wieder, wenn du es nicht magst, kein Problem. Ich dachte nur, wir haben so viel zu besprechen.«

»Wir besprechen es morgen, ich rufe Sie im Büro an.« Ich ging zur Garderobe hinüber und nahm meine Jacke vom Haken.

»Köbi, also bitte ...« Berger saß immer noch auf seinem Sessel und schaute mich ungläubig an. Mo saß auf dem Sofa. Sie hatte das Döschen in der Hand und konnte es anscheinend kaum erwarten, ihre Ration zu ziehen.

»Danke fürs Essen, es war ausgezeichnet.« Eine leichte Verbeugung andeutend, grüßte ich mit der Hand und zog die Jacke an. »Komm ich unten raus?«

Berger nickte erst, schüttelte dann aber umso energischer den Kopf und stand auf.

»Stell dich nicht so an, Himmel, Köbi, komm, setz dich, nimm einen Whisky und lass uns reden. Deshalb bist du doch gekommen.« Einen Moment zögerte ich, aber es war zu spät. Ich mochte nicht mehr in diesem Salon hocken. Mochte nicht mehr mit diesem geschliffenen Schwätzer und seiner dekorativen und allzu anschmiegsamen Kategorie-A-Freundin in einem Raum sein. Sie war wohl das Pendant zum Porsche, neuestes Modell, schöne Form, teuer, rassig, aber beherrschbar, perfektes Angeberobjekt, bei Gelegenheit gegen eine neuere Version einzutauschen. Warum musste an so schönen Orten wie dieser Wohnung immer so mieses Menschenmaterial gelagert werden?

»Morgen«, sagte ich. »Morgen früh.«

Berger würde eh nur Scheiße erzählen. Wie er den ganzen Abend Scheiße erzählt hatte.

Ohne mich umzudrehen, öffnete ich die Tür. Das Licht im Treppenhaus ging automatisch an. Die Haustüre ließ sich von innen öffnen.

Draußen atmete ich die frische Luft tief ein und zog dann an der Cohiba, die ich natürlich behalten hatte. Was hatte dieser Hund mit mir vorgehabt? Mich voll Koks im Bett mit seiner Freundin zu erschießen, zu filmen oder was? Morgen würde ich Berger das Messer an den Hals setzen. Es musste endlich klar werden, um was es in dieser verfluchten Geschichte ging. Dann konnte ich mich daraus verabschieden. Ich hatte die Schnauze mehr als voll von dem ganzen Zirkus. Wenn alles vorbei war, so schwor ich mir, würde ich etwas anfangen mit meinem Leben, irgendwas. So konnte es nicht weitergehen. Von einer üblen Geschichte in die nächste zu schlittern, das war kein Leben. Was es sonst sein sollte, darauf kam ich nicht, während ich die Zürichbergstraße hinunterging. Auf der Uniterrasse rauchte ich den Stumpen fertig und schaute noch einmal die Stadt von oben an. Sie lag so unschuldig da, schön und friedlich schien sie zu sein. Dass sie es nicht war, sollte ich bald erfahren.

16

Das Geklingel konnte ich beim besten Willen nicht in meinem Traum von einer Busfahrt unterbringen. Endlich begriff ich. Es läutete bei mir an der Tür. Wer konnte das sein? Ich schaute auf den wenig benutzten Wecker auf meinem Nachttisch, der in einem früheren Leben ein Küchenhocker gewesen war. Er hatte als solcher wohl ein sündiges Leben geführt, darum war er nun in dieser betrüblichen Lage. Selber schuld. Kurz vor zehn, verdammt früh, um bei mir zu klingeln, aber an und für sich eine gute Zeit, um aufzustehen.

»Ist ja gut, ich komme!« Ich schlurfte zur Gegensprechanlage:

»Ja?«

»Post, eingeschrieben.«

»Komme runter.«

»Können Sie aufmachen?«

Ich drückte auf den entsprechenden Knopf, damit der arme Pöstler nicht im Nassen stehen bleiben musste. Es regnete nämlich, wie ich mit einem Blick aus dem Fenster registriert hatte. Nicht einmal dem Pöstler wollte ich nur mit einer Trainerhose und einem T-Shirt bekleidet entgegentreten, also zog ich das Vendetta-Jäckchen an und ging zum Lift. Ich spielte mit meinem Schlüsselbund. Das Schloss an meiner Wohnungstüre konnte plötzlich einschnappen, und es wäre teuer geworden, wieder hineinzukommen. Schon lange hatte ich die aufwendige Schließanlage meines Vormieters entfernen wollen, war aber nie dazu gekommen. Der Lift kam herauf. Ich dachte, dass es der große Nachbar war. Der war es aber nicht, der Lift wurde abrupt und heftig geöffnet, sodass mir die Tür vor die Brust knallte. Ehe ich wusste, wie mir geschah, hörte ich eine Stimme:

»Nur ruhig, dann passiert dir nichts!« Ein großer blonder Mann war die Treppe heraufgekommen, aus dem Lift stieg ein kleinerer, breiter Typ, der schwarze Haare hatte. Sah aus wie ein Italiener.

»Was …« konnte ich gerade noch sagen, bevor mich ein gewaltiger Hieb in den Bauch traf. Die Schlüssel fielen zu Boden, meine Arme wurden gepackt und nach hinten gedreht. Ehe ich mich wehren konnte, waren sie mit einem Kabelbinder auf dem Rücken zusammengebunden. Das schnitt böse ins Fleisch.

»Schööbraavsi!«, zischte der Schwarzhaarige. Ein Italiener mit Ostschweizer Dialekt, das war hart. Er hob die Schlüssel auf, und ich schaute mir den Kerl an. Er war muskulös und braun gebrannt, trug ein enges schwarzes T-Shirt unter einer Lederjacke, saubere Jeans und Turnschuhe, Goldkettchen. Den Großen konnte ich nicht studieren, weil er hinter mir ging und mich durch den Gang schob. Ein lautes Gezeter hatte wohl wenig Sinn. Während der Italiener die Tür aufschloss, gelang es mir immerhin, mit dem Ellenbogen beim Nachbarn zu läuten. Der Große fand das nicht gut. Er riss mich an den Haaren zurück und rammte mir sein Knie in die Nieren. Der Nachbar war nicht zu Hause und meine Wohnung offen. Ich wurde hineingeschoben. Sie zogen mich in mein Fernseh- oder Arbeitszimmer, in dem es keinen Fernseher mehr gab und erst recht keine Arbeit. Dafür eine Stereoanlage. Der Italiener stellte den Verstärker und den CD-Player an. Keltischer Hip-Hop aus der Bretagne erklang. Mir schwante

Übles, und ich hoffte, dass mir die Gesänge von den mutigen keltischen Kriegern Kraft geben würden. Allerdings wusste ich ja, dass sie gegen die Römer verloren hatten, davon nämlich handelte das Lied. Da die Römer eine Art Italiener waren, stand es schlecht um mich.

»Wo sind die Ordner?«, fragte der Abkömmling des ruhmreichen Römischen Reichs, während der Große meine Haare wieder losgelassen hatte und mich jetzt einfach am Oberarm festhielt. Er war elegant gekleidet, trug ein dunkelblaues Hemd und einen grauen, weiten Anzug. Er hatte ein auffällig großes, viereckiges Kinn. Die mit helleren Strähnen durchzogenen, halblangen Haare waren nach gepflegter Deppenart frisiert, gestuft und hinter die Ohren gezogen, es sah scheußlich aus. Er kaute schwungvoll einen Kaugummi, wahrscheinlich um seinem Kinn ein wenig Bewegung zu verschaffen. Er hätte auch ein Gladiator sein können, ein starker Germane, wenn wir schon beim Thema waren. Und ich, ich war der friedliebende Sumpfbewohner, der es von allen Seiten bekam. Eigentlich war es ja immer dasselbe auf der Welt, seit es Menschen gab.

Mit dem Kopf deutete ich auf den Schreibtisch, auf dem nie etwas geschrieben wurde, denn da lag der Ordner, den ich Berger gestern gezeigt hatte. So ganz sicher, ob sie ihn auch alleine gefunden hätten, war ich mir nicht. Es war überhaupt verdammt schwierig zu sagen, was das für Typen waren im richtigen Leben. Milieugestalten aus Bergers Karateklub, die auf seriös machten? Bänkler aus Mettlers Fitnessclub, die auf halbseiden machten? Das war nicht mehr zu unterscheiden heutzutage, sie hatten eine Affinität zueinander. Der Ausländeranteil im Milieu lag zwar etwas höher. Dafür hatten die Bänkler mehr Ostschweizer. Sie trugen dieselben Angeberklamotten, fuhren dieselben

Angeberautos, besuchten dieselben Angeberclubs und fanden es das Tollste, für die jeweils anderen gehalten zu werden. Für die Bänkler bedeutete es einen Hauch vom verruchten, wilden Leben, passend zur Harley Davidson, auf der man sich als freier Outlaw fühlen konnte, obwohl sie längst zum mobilen Bürostuhl verkommen war. Den Milieufiguren schmeichelte die Akzeptanz von jener Klasse, in die sie aufzusteigen gedachten. Außerdem waren sie Kundschaft für deren diverse Geschäftszweige. Und umgekehrt.

Diese beiden waren aber offenbar nicht gekommen, um mir soziographische Rätsel aufzugeben, im Gegenteil, sie wollten Antworten, genauer: eine Antwort!

»Wo ist der Rest?«, fragte der Italiener.

»Weiß nicht.«

Schlechte Antwort! Eine Faust traf mich im Gesicht. Ich hatte das Gefühl, mein Kopf fliege davon.

»Wo ist der Rest?«

Wahrscheinlich konnte ich genauso gut nichts sagen, statt den Unschuldigen zu spielen. Richtig geraten! Der Schlag kam diesmal von der anderen Seite, nicht weniger heftig.

Dann krachte seine Faust in meinen Magen. Ich musste beinahe kotzen, was aber nicht ging, weil ich noch nichts im Magen hatte. Japsend riss ich die Augen auf. Er hatte nicht mal groß ausgeholt.

»Wo sind die Ordner?« Anscheinend hatte er den Satz geübt. Ich begann zu überlegen, wie lange ich durchhalten würde. Nicht lange. Überhaupt nicht mehr lange, denn jetzt traf mich ein Tritt in die Seite. Ich wäre zusammengeklappt, wenn ich nicht festgehalten worden wäre. Ich schrie stumm.

»Wo sind die Ordner?« Er kam näher und hielt mein Kinn.

»Hör zu, du sagst mir jetzt sofort, wo die Ordner sind, sonst tut es wirklich weh.« Mit seinem Fuß schob er meine Beine auseinander und setzte sein Knie dazwischen, nur sachte, aber so, dass ich es spürte. Er holte mit dem Bein aus.

»Eins«, zählte er: »Zwei ...«

»Auf dem Hof!«, schrie ich, und alles in mir zog sich zusammen in Erwartung des Tritts, der mir auch noch die letzten Vergnügen in dieser miesen Welt zur Qual machen würde. Es war meine einzige Chance, ich konnte Rothenbühler nicht diesen Typen ausliefern, Mónica schon gar nicht.

»Was für ein Hof?«, fragte der Italiener und runzelte die Stirn. Immerhin verlagerte er das Gewicht und ich zog die Knie zusammen. »Der Hof von Werner Baumanns Eltern, der Typ, der erschlagen wurde. Sein Bruder bewacht die Dinger. Der Mann ist zwei Meter groß, bärenstark und geistig behindert. Es hat mich einen Haufen guter Worte, Zeit, Fußballbilder und Süßigkeiten gekostet, dass ich sie überhaupt sehen durfte. Einen Ordner konnte ich abstauben, mehr hab ich nicht, Ehrenwort.« Es sprudelte nur so aus mir heraus.

Die beiden schauten sich an, der Italiener wiegte den Kopf, der Große kaute, seine Quadratfresse war vollkommen ausdruckslos, nur ein Hauch von »Ich bin ein extrem toller Kerl« schwebte über seinem Antlitz.

»Gnjah«, machte er schließlich. Der Italiener verstand das offenbar und zog ein Natel aus der Jacke, die er nicht einmal ausgezogen hatte, um mich zu verprügeln. Armani-Anzüge, Rabanne-Jeans und Cerutti-T-Shirts und doch kein Stil. Eigentlich konnte es mir ja wurscht sein, ich hatte andere Probleme. Der Italiener ging auf den Balkon hinaus.

Er kam wieder herein.

»Bist du ganz sicher, dass sie nicht hier sind?« Er hielt mein Kinn zwischen den Fingern und quetschte meine Backen zusammen. Sein Rasierwasser roch wie das eines Bademeisters. Ich spürte etwas Warmes über mein Kinn laufen.

»Wenn wir was finden, bist du dran!« Er begann herumzuwühlen, allerdings nicht allzu eifrig. Offenbar hatte der Auftraggeber nachgefragt, ob sie die Wohnung durchsucht hätten. In den Gestellen standen jedenfalls keine Ordner, im Schrank nicht, unter dem Bett nicht und in der Küche auch nicht. Aus der Anlage dröhnte eine fröhliche Weise, die zum Tanze lud. Der Große und ich folgten der Einladung nicht. Der Italiener kam zurück.

»Wir kommen wieder!« Er dehnte die Worte genüsslich. Es war wie in einem schlechten italienischen Gangsterfilm, und das war wahrscheinlich kein Zufall.

»Was …«, stöhnte ich, meiner Rolle gerecht werdend.

»Treib das Zeug auf, und zwar rassig!« Der Kleine griff mir zwischen die Beine und drückte zu, nicht heftig, aber fest genug.

»Graha!«, machte der Große, wahrscheinlich ein alter germanischer Kastrationssegen.

»Aber …«

»Wir kommen wieder, und dann ist das Zeug hier, sonst …« Der Kleine schlug mich noch einmal in den Magen, und diesmal hielt mich der Große nicht. Ich klappte zusammen.

»Bis bald«, sagte der Italiener.

Ich schaute auf, aber reagierte zu spät, oder genauer gesagt überhaupt nicht. Der Große trat mir seinen blitzsauberen, rahmengenähten Schuh in die Rippen. Mir verschlug es den Atem, dann hörte ich eine Tür gehen. Meine

Wohnungstür wahrscheinlich. Eine lange Zeit lag ich einfach da, auf dem Rücken, auf meinem alten Linoleumboden, den ich schon lange nicht mehr geputzt hatte. Jetzt war es endgültig Zeit dazu, denn ich blutete aus der Nase. Langsam setzte ich mich auf, lehnte mit dem Rücken gegen die Wand. Meine Rippen schmerzten. Berger, der Hund! Oder Mettler? Berger! Nachdem die schöne Mo nicht bei mir landen konnte, schickte er seine Schläger, ging es mir durch den Kopf. Das verursachte noch mehr Schmerzen. Meine Hände wurden langsam taub. Ich setzte mich auf und riss an dem Kabelbinder, der nicht aufgehen wollte. Er schnitt nur noch mehr ein. Fluchend mühte ich mich hoch. Erst gelang es mir, mit der zerdepperten Nase die Musik auszumachen. Mein Lieblingslied lief gerade, und ich wollte es nicht mit Erinnerungen an diesen Tag verbunden sehen. Ich wankte in die Küche, ins Schlafzimmer und versuchte diverse Ecken und Kanten, um die verfluchte Fessel durchzuraspeln. Fast hätte ich mich dazu durchgerungen, in die Bar hinunterzugehen, um mich befreien zu lassen, als es wieder von unten läutete. Ich drückte mit dem Ellenbogen gegen den Summer. Kurz darauf kam jemand den Gang entlang und läutete an der Wohnungstür.

Es gelang mir, die Falle hinunterzudrücken. Die Tür öffnete sich und Mónica stand vor mir.

»Ay«, seufzte ich, »dich schickt der Himmel.«

»Köbi!« Sie schlug sich die Hand vor den Mund. »Um Gottes willen, was ist denn mit dir passiert?«

»Nichts«, sagte ich, »bitte mach mir das Ding da ab.« Ich drehte mich um. Sie nahm aus ihrer Lederjacke ein Taschenmesser und schnitt den Kabelbinder durch. Was für ein patentes Mädchen. Ich stöhnte erleichtert auf und rieb mir die Handgelenke.

»Es tut mir leid wegen gestern.« Mónica schaute zu Boden und scharrte mit ihren schweren Stiefeln. »Eigentlich wollte ich nicht so blöd tun, ich hatte einen schlechten Tag. Und du hättest wirklich anrufen können.«

Wie wenn es auf das Stichwort gewartet hätte, läutete das Telefon. Abnehmen mochte ich nicht, also schaltete sich der Beantworter ein.

»Hallo Köbi, hier ist Rita. Warum hast du dich nicht mehr gemeldet? Das wäre wohl das Mindeste, was du hättest tun können. Ich bin schwer enttäuscht von dir, das hätte ich von dir nicht gedacht. Ich habe dir vertraut. Vielleicht gibt es ja eine Erklärung, die du mir geben kannst, ich hab dich doch eigentlich gerne, und es wäre wirklich schade. Ach, ich weiß auch nicht, es ist alles so … Also ruf mich an, bitte! Tschau.«

Ich seufzte. Mónica hingegen sah mich seltsam an, sie schien zu zögern. Scheiße, die Nachricht klang wohl nach einer Freundin, einer emotionalen Enttäuschung oder so etwas.

»Es ist nicht, was du denkst. Sie ist die Frau des Typen, der im Knast ist und wegen dem der ganze Scheiß am Rollen ist. Wir hatten Streit. Das heißt, ich habe mich schlecht benommen ihr gegenüber.«

»Ist schon gut, du brauchst mir keine Erklärungen abzugeben.« Mónica lächelte, und dann küsste sie mich. Es steckte Anstrengung dahinter, aber auch guter Wille. Auf alle Fälle tat es verdammt gut, sie zu spüren und zu riechen, bis sie mich an sich drückte und ich mit einem unterdrückten Schrei zurückwich. Die verfluchten Rippen.

»Köbi, was ist denn überhaupt passiert, soll ich einen Arzt rufen oder die Polizei?« Ich schüttelte den Kopf.

»Komm in die Küche, ich erzähle dir die ganze Geschichte.« Ihre Miene hellte sich auf.

»Zeit wär's«, lächelte sie.

»Machst du uns einen Kaffee? Ich muss mich schnell waschen.« Sie nickte, und ich zeigte ihr, wo Kaffee und Maschine waren, und duschte lange heiß und kalt. Ich ächzte und stöhnte und fühlte mich besser. Im Schlafzimmer kleidete ich mich frisch ein und ging in die Küche.

Der Kaffee kochte eben hoch. Mónica nahm ihn vom Herd, ohne einen Tropfen zu verschütten. Verdammt, wie macht sie das bloß? Ich küsste sie auf den Nacken, sie nahm meine Hand, und wir setzten uns an den Küchentisch.

Mónica lauschte meiner Geschichte kopfschüttelnd.

»Die Ordner müssen aus dem Büro verschwinden«, beschloss ich.

Ich instruierte Mónica, durch die Bar hinauszugehen. Ich wollte nichts riskieren, falls die beiden Schläger vor der Tür warteten. Möglich war ja, dass ich mich sofort zum wahren Versteck der Ordner begeben würde. Vielleicht waren sie ja keine Volltrottel. Ein Anruf in der Bar unten machte alles klar. Sie würden die Verbindungstür öffnen.

»Trink noch einen Kaffee, bis ich gegangen bin.«

»Wohl eher ein Bier nach all dem Scheiß.« Mónica strich sich die Haare aus dem Gesicht und zog ihre schwere Lederjacke an.

»Ich komme dann ins Büro.«

»Mach bitte keine Dummheiten!« Sie wurde ernst und hielt mich an der Schulter.

Da ich das nicht garantieren konnte, blieb ich stumm. Sie seufzte, drehte sich um und ging. Im Badezimmer nahm ich meine gewohnte Ration Schmerzmittel ein. Wahrscheinlich war ich längst süchtig danach, meine Leber am Arsch, und bald würde ich zu den Gestalten im Park gehören, die nicht wussten, ob Tag war oder Nacht, oder wie der Planet hier genau hieß. Aber noch war es nicht so weit! Erst jetzt sah ich, dass die Hunde den Ordner nicht einmal mitgenommen hatten. Sie waren sehr siegessicher. Ich stopfte das Ding in eine billige, rote Sporttasche, die schon lange nicht mehr benutzt worden war. Dann zog ich meine alte Bomberjacke an und machte mich auf den Weg zu Rothenbühler. Im Briefkasten fand ich noch ein Kuvert vom Arbeitsamt, das ich einsteckte. Einbahnstraßen bevorzugend, Autosperren durchquerend und hin und wieder sinnlos stehen bleibend, war ich bald überzeugt, dass man mir nicht folgte. Die Beretta hatte ich trotz allem nicht dabei. Hier auf der Langstraße rumzuballern, wäre dann doch übertrieben gewesen. Wahrscheinlich hätte jeder zweite Typ sofort auch ein Schießeisen gezogen. Zivile, Dealer, Stenze, Abwarte, Paranoiker, Zukurzgekommene und Zugroßgeratene, alle trugen Knarren. Nun, viel Schaden wäre dabei wohl nicht angerichtet worden, aber trotzdem.

Mónicas Motorrad stand vor dem Büro auf dem Trottoir.

Sie wirkte erleichtert, als ich nach dem Läuten eintrat. Ein gefesselter Liebhaber mit einer eingeschlagenen Fresse auf der Spur eines Mörders war auch für sie wohl nicht das übliche Wochenendabenteuer.

»Ist Rothenbühler da?«, fragte ich.

Sie wies zur Tür. »Geh nur rein, er wollte dich sowieso sprechen.«

Ich ging hinein, Rothenbühler, wie hätte es anders sein können, saß am Schreibtisch und rauchte.

»Herr Robert«, begrüßte er mich, »was treiben Sie für Sachen. Ist denn der Fall für Sie nicht abgeschlossen?«

»Nein«, sagte ich, »er fängt erst an.«

Er sah wieder aus, als wäre er ein Goldfisch, der in seinem Kugelglas Luftblasen produzierte. Nur waren es keine Luftblasen, sondern Rauchschwaden.

»Sie glauben also nicht an Brunos Geständnis?«

»Keine Sekunde! Und Sie?«

»Na ja«, er drehte seinen Kopf.

»Stehen Sie noch mit ihm in Kontakt?«

»Ja, einen Anwalt braucht er ja immer noch. Obwohl es mir ehrlich gesagt egal wäre, wenn er mich entlassen würde.«

»Besuchen Sie ihn, sagen Sie ihm, er müsse unbedingt widerrufen. Ich wüsste, wer es gewesen sei und hätte den Kerl am Wickel. Er soll gottverdammt an seine Töchter denken, sollen die ihn im Knast besuchen?«

»Stimmt das?«

»Was?«

»Dass Sie wissen, wer es war und ihn drankriegen.«

»Nun, fast. Das heißt, wenn Sie mir helfen, vielleicht. Ich brauche jemanden, der mir erklären kann, was diese Ordner zu bedeuten haben.«

»Welche Ordner?«

»Die hier.« Ich legte den aus der Sporttasche auf den Schreibtisch. Rothenbühler drückte die Zigarette aus und blätterte darin. »Banksachen.«

»So viel habe ich auch schon herausgefunden, aber was für Banksachen. Jemand scheint sich schwer für die Dinger zu interessieren, es muss irgendwas Belastendes sein.«

»Die Dinger? Wie viele sind es denn?«

»Vier.«

»Und woher haben Sie die?«

»Von Werner Baumann. Das heißt, aus seinem Zimmer, seine Mutter hat sie mir überlassen.«

Rothenbühler steckte eine Gauloise an und nickte anerkennend. Er erinnerte mich an einen grinsenden Geier.

»Und wo sind die Sachen jetzt?«

»Drüben bei Mónica.«

Rothenbühler hustete, seine Augen traten ein wenig hervor, wie bei einem Barsch, der nach Luft schnappt.

»Aha«, sagte er und klopfte sich auf die Brust, um die Lungen zu beruhigen.

»Wahrscheinlich wäre es gut, wenn die Dinger von hier verschwinden würden. Wie gesagt steckt darin wohl der Schlüssel für den Mord an Werner Baumann.«

»Sie machen mir Spaß!«

»Kennen Sie niemanden, der die Sachen beurteilen könnte?« Rothenbühler dachte nach.

»Ferdinand Kotzwinkel, Bezirksanwalt in der Wirtschaftsabteilung. Ein alter Kumpan. Hat übrigens mal in einer Punkband gespielt. Dreck hieß die oder so.«

Tatsächlich erinnerte ich mich, sogar an den Namen Kotzwinkel. Ich hatte natürlich immer geglaubt, das sei ein Künstlername wie Rotten, Empty oder so.

»Ich schaue mal, was sich machen lässt.«

Rothenbühler griff zum Telefon, und ich wunderte mich über all die ehemaligen Punker, die plötzlich meinen Weg kreuzten. Einige hatten es ja ganz schön weit gebracht. Ich leider nicht. Dass aus rebellischen Jugendlichen verantwortungsvolle Bürger wurden, war an und für sich ein altes Phänomen.

Nach der karrierefeindlichen Achtzigerbewegung, deren Exponenten sich wegen unvollendeter Ausbildungen meist im Kleingewerbe, in der Gastronomie oder der Unterhaltungsindustrie etabliert hatten, pflegten die nachfolgenden Generationen eine andere Tradition. So wie in Südkorea gehörte es für viele Studenten dazu, sich ein paar Jahre als Autonome, Besetzer oder Chaoten zu betätigen, ohne deshalb die Karriere zu vernachlässigen. Die ehemaligen Militanten sah man dann als Juristen, Journalisten oder Computerunternehmer wieder. Trotz guter

Saläre und gefestigter Positionen in der Gesellschaft betrieben viele zur Erhaltung der Romantik eine Art Proletenverehrung. An Spielen des FCZ, des Clubs, der sinnloserweise als Arbeiterverein verkitscht wurde, sah man Hoch- und Mittelschulabgänger, Freischaffende und Bürolisten, die sich justament so benahmen wie der Prolet in ihren Märchenbüchern. Weshalb sie so eine Affinität zu diesem Stand hatten, den es ja praktisch nicht mehr gab und dessen zeitgenössische Erscheinungsform größtenteils Autos, Fernseher und die Obrigkeit verehrte, war nicht einfach nachzuvollziehen. Zumal die gesetzten Mittelständler natürlich nie im Leben die Arbeit, die Wohnung oder den Lohn der unteren Klassen erduldet hätten. Anscheinend wollten alle möglichst das sein, was sie nicht waren. Diejenigen, die für wenig Geld viel arbeiteten, ruinierten sich mit Kleinkrediten, großen Familien und zu teuren Autos, in der Hoffnung, man hielte sie für wohlhabend. Die arrivierten Schweizer Gutverdiener fuhren auf alten Fahrrädern, trugen Brockenhauskleider und redeten gerne darüber, wie teuer doch alles geworden war. Die Unterschichten waren brav und strebsam, die Mittelständler formten proletarische Widerstandszellen, ehe sie ihren Platz im System einnahmen. Wahrscheinlich war es das schlechte Gewissen, der Puritanismus, der es einem verbot, sich daran zu freuen, dass man alles hatte, ein sorgenfreies Leben führen konnte und ohne Probleme einen gut bezahlten Job fand. Vergnügen und Zufriedenheit gab's nur gegen Leistung und unter Aufsicht, so hatte man das gelernt, und so musste das sein, da halfen keine Pillen und kein Piercing.

»Geritzt, er schaut sich's an«, riss mich Rothenbühler aus meinen sinnlosen Gedanken. »Er hat nichts vor dieses Wochenende. Ihr Glück, dass er seit drei Monaten geschieden ist. So hat er ein wenig Quality Time übrig, die seine Kinder nicht mehr beanspruchen.«

Wie gut, dass Ehen dazu da sind, geschieden zu werden, dachte ich. Rothenbühler drückte seine Zigarette aus und stand auf. Jetzt sah er aus wie eine große, traurige Krähe. Sein schwarzer Kittel war viel zu groß, und sein dunkelgrauer Pullover hatte vorne ein paar Kaffeespritzer.

»Bringen Sie ihm das Gelump rüber ins Bezirksgebäude, Sie können es am Empfang abgeben, die wissen Bescheid.«

Ich stopfte die vier Ordner in die Sporttasche.

»Kommst du nachher noch mal vorbei?«, fragte Mónica.

»Sicher«, sagte ich, und wir lächelten.

Es war nicht einfach, die Tasche zur Tramstation zu tragen. Meine Rippen schmerzten wieder. Eigentlich brauchte ich Erholung, aber jetzt ging es endlich vorwärts. Ich brannte darauf zu erfahren, wen das Material kompromittierte. Ich vermutete unterdessen eher, dass es Berger war. Aber auch Mettler konnte drinhängen. Es war kurz vor drei Uhr, als ich ins Büro zurückkehrte.

»Kommst du nachher noch eins trinken?«, fragte Mónica. Ich nickte.

»Ich komme erst um fünf weg, wenn du willst, kannst du dich da hinten auf die Couch legen.«

Die gute Frau musste Gedanken lesen können. Vielleicht sah ich aber auch einfach so fertig aus. Sie öffnete die Tür rechts von ihrem Schreibtisch und knipste das Licht an. In dem kleinen Zimmer stand ein alter Metallschreibtisch, der Boden war mit demselben alten, grünen Teppich belegt wie das Vorzimmer. Die Wände waren bis obenhin mit Bücherregalen voll. Unter dem Fenster, dessen Rollladen heruntergelassen war, stand eine groß geblümte Klappcouch.

»Unser Überstundenzimmer.« Mónica machte eine ausladende Geste und lehnte sich an mich. Ich hätte sie gern zur Couch gezogen, sie schien Ähnliches zu denken und seufzte.

»Später«, sagte sie leise, »ruh dich jetzt aus.«

Sie machte sich los. Alleine im Zimmer, zog ich meine Jacke und meine Schuhe aus. Ich studierte den Brief des Arbeitsamtes. Die Daten und ein Anmeldeformular für die Selbstständigkeitskurse. In der Schublade des Schreibtisches fand ich einen Kugelschreiber und meldete mich für den erstbesten Kurs an. Ich steckte das Formular in das beiliegende Rückantwortkuvert, das ich wieder in der Jacke verstaute. Dann löschte ich das Licht und legte mich hin. Durch die Zwischenräume des Rollladens drangen Lichtflecke und spielten auf meinen über dem Bauch gefalteten Händen. Vorsichtig betastete ich meine Rippen. Sie schienen so weit ganz zu sein. Meine Gedanken wanderten von Mettler zu Mónica und unwillkürlich zu Mo – oder zu einem Teil von ihr – und dann zu Berger und Bruno. Endlich döste ich weg. Ich lag in einer Gefängniszelle. Man beschuldigte mich des Mordes an Mónica, was ich für absurd hielt, da ich ja wusste, dass sie im Vorzimmer saß. Man brachte mich zur Verhandlung in ein Hallenbad, der Richter trug einen Taucheranzug, ich erkannte einen alten Schulkollegen, an den ich seit Jahrzehnten nicht mehr gedacht hatte. Er sah immer noch aus wie ein Kind. Ehe er das Urteil über mich sprechen konnte, ging das Licht wieder an.

»Ich bin so weit, was ist, kommst du?«, weckte mich Mónicas Stimme.

Ich schüttelte den Traum aus meinem Schädel und stand auf. Wir gingen ins El Internacional hinüber, Rothenbühler kam auch mit. Unterwegs schmiss ich die Anmeldung ein. Diesmal waren mehr Leute in der Kneipe, eine kleine

Bühne war aufgebaut, Instrumente standen herum. Wir eroberten drei Sitzplätze links in der Ecke. Mónica trank Weißwein, Rothenbühler Bier und ich erst mal ein Weizen, zum Wachwerden.

»Ich heiße Beat, übrigens.« Rothenbühler reichte mir die Hand, und ich schlug ein.

»Köbi.«

Damit waren wir von einer geschäftlichen zu einer privaten Beziehung übergegangen. So redeten wir denn auch nicht über den Fall, sondern über alles andere: über Bier, über die Lokalpolitik, über Musik. Mónica saß neben mir auf der Bank, wir hielten Händchen unter der kleinen, dreieckigen Steintischplatte. Rothenbühler schien sich nicht darum zu kümmern. Um 19.19 Uhr begann eine Band zu spielen, und er drehte uns den Rücken zu, um zur Bühne zu sehen. Das Lokal war jetzt rammelvoll, die Bedienung drängte sich aber erstaunlicherweise immer noch zwischen den Leuten hindurch, sodass wir nicht verdursteten. Und Durst hatten wir. Die Band spielte rührigen Countryschmelz, zwei Frauen sangen, und ein langer dauerrauchender, bleicher Mann spielte Gitarre. Rothenbühler kaufte nach dem Konzert eine CD und war überhaupt vollkommen begeistert. Mónica und ich verspürten trotz des Biers Hunger, und da es schon zehn Uhr war, lud uns Rothenbühler zu sich nach Hause ein. Er wohnte nicht allzu weit entfernt, an der Dubsstraße. Seine Wohnung war im zweiten Stock eines alten, ehrwürdigen Gebäudes. Er führte uns in ein großes Wohnzimmer. Eine Wand wurde ganz von einem Plattengestell eingenommen, eine teuer aussehende Stereoanlage stand im Raum, der unaufgeräumt war. Ein Haufen CDs stapelte sich vor dem Plattenregal am Boden. Ein ehemals weißes oder leinenfarbiges Sofa stand an der Wand, davor ein Nierentisch und zwei mit rotem Kunstleder überzogene Sessel aus den Fünfzigern. Einer jener Aschenbecher, die mich als Kind so fasziniert hatten, bei denen sich eine Scheibe dreht, wenn man oben drauf drückt, stand neben dem Sofa. Rothenbühler legte eine scherbelnde Countryperle auf, versorgte uns mit Bier und Rotwein und verschwand in der Küche. Mónica entnahm ihrer Jacke eine Blechdose und baute einen Grasjoint.

Wir aßen Spaghetti am Nierentisch und tranken alle Rotwein. Nach dem Essen ließ es sich der Gastgeber nicht nehmen, uns Gejammer und Gewimmer der feineren Sorte vorzuspielen. Immer neue Platten zog er aus dem Regal und gab weit schweifende Erklärungen dazu ab, die nicht ganz verständlich waren, denn wir rauchten Gras und Zigaretten und leerten einen billigen Bourbon. Aber er war in seinem Element und ließ sich nicht beirren. Es war schon ziemlich spät, als ich merkte, dass es an der Zeit wäre heimzukehren, obwohl mir ebendies eine schwierig zu bewältigende Aufgabe schien. Rothenbühler hielt mich davon ab, das sei viel zu gefährlich. Er baute das Sofa um, auf dem Mónica und ich nächtigen konnten.

Es wurde eine kurze Nacht. Unsere sexuellen Versuche scheiterten kläglich. Auch an Träume war nicht zu denken.

17

Ich erwachte, weil es mich blendete, und war vorerst sehr verwirrt. Mónica lag neben mir, die Decke lag am Boden. Es sah schön aus, aber es war eng und unbequem. Die Wohnung stank nach Rauch und Whisky. Ich konnte nicht eruieren, ob mein Kopf oder mein Körper mehr schmerzte. Ohne Mónica zu wecken, hockte ich mich auf die Sofakante und studierte das Chaos im Zimmer: Der Aschenbecher quoll über, der Tisch war schmutzig und voller Gläser, vor dem Plattenspieler und dem CD-Player lagen Unmengen von großen schwarzen und kleinen silbernen Tonträgern offen herum, Hüllen lehnten gegen die Wand oder waren umgekippt. Rothenbühler war offenbar keiner jener Sammler, denen es ums Konservieren ihrer Perlen ging. Er hatte die Scherben gekauft, um sie zu hören und sich daran zu freuen. Das war doch sympathisch. In der Bourbonflasche war genau noch ein Aufwachrest, den ich hinunterstürzte.

Es schüttelte mich, aber es nützte.

»Aya«, machte ich. Mónica blinzelte und öffnete ein Auge.

»Wie spät ist es?«, fragte sie mit einer Stimme, die aus ihrem Innersten heraufrollte. Ich fand meine Uhr unter der Decke. Es war Viertel nach neun.

»Scheiße!«, fluchte Mónica und wälzte sich vom Sofa. »Ich muss duschen«, sagte sie und ging nackt aus dem Zimmer.

»Es ist schon nach neun!«, hörte ich sie rufen und an eine Türe klopfen. Offenbar kannte sie sich hier aus.

Bald kam auch Rothenbühler herangeschlurft und grinste guten Morgen. Er kochte uns Kaffee, während ich auch eine Dusche nahm. Schließlich begaben sich Anwalt und Sekretärin in die Kanzlei.

Ich musste etwas unternehmen, bevor die beiden Halunken wegen der Ordner wiederkamen. Unterwegs kaufte ich den *Blick*, ging aber nicht in die Silberkugel. Ich musste um Himmels willen sparen. So schlurfte ich zum Quartierladen, wo es an sonnigen Tagen ein kleines Stehtischchen gab, an dem man sich einen Kaffee einpfeifen konnte.

Ich hatte schon den zweiten Espresso gestürzt, fühlte mich seltsam verkatert wohl und nippte an dem Katerbier, das mir ein vorbeiziehender Tagedieb im Austausch gegen die zeitweilige Überlassung des Sportteils offeriert hatte. Erst beim zweiten Durchsehen der Zeitung entdeckte ich die kleine Notiz: *Weiningen: Bauernhof abgebrannt. Gestern Nacht brannte ein Hof in Weiningen völlig aus. Verletzt wurde niemand. Der Sachschaden beträgt mehrere hunderttausend Franken.* Wahrscheinlich war die Meldung erst spät hereingekommen, eine längere Story und Fotos waren wohl erst morgen zu erwarten.

»Scheiße!«, rief ich, und mein Zechbruder schaute mich verwundert an. Ohne ihm den Grund meiner Aufregung zu erklären, eilte ich nach Hause, wo ich den Fernseher einschaltete. Der Lokalsender machte seine Nachrichten aber erst am Nachmittag. Es gab keine andere Wahl, ich dopte mich und stieg aufs Rad.

All die Beschwichtigungen, die ich mir auf der Fahrt zuflüsterte, waren umsonst. Schon von unten her sah ich, dass es war, wie ich befürchtet hatte. Der Baumannhof war bis auf die Grundmauern abgebrannt. Die Feuerwehr hatte die Zufahrt abgesperrt. Ein giftgrünes Feuerwehrauto und ein Personenwagen standen herum. Zwei Männer in Uniform und einer in Zivil stocherten in den verkohlten Trümmern.

Ich stieg vom Rad und schob es den Hügel hinauf. Mir fehlte die Kraft, hinaufzufahren. Außerdem wollte ich mir das Bild genau einprägen, auch wenn es mich sehr bedrückte. Es war schwer von der Hand zu weisen, dass ich die Schuld an dem Brand trug. Waren die beiden Schläger auch Brandstifter? Brandschatzen, plündern, morden, dachte ich grimmig, wenn das nicht zu den beiden Halunken passte.

In Regensdorf installierte ich mich in einer jener modernen Telefonzellen, in die ein Terminal eingebaut war, sodass man so ziemlich jede Nummer eruieren konnte. Leider würden diese Wunderwerke bald wieder abgebaut, da außer so ein paar Doppelnullen wie ich jeder heutzutage ein Natel hatte. Zuerst rief ich bei der Firma J&F Consulting an. Dort wurde mir, vermutlich von der schönen Rothaarigen, freundlich mitgeteilt, dass Herr Berger in New York sei und erst Ende nächster Woche zurückerwartet werde. Ob sie ihm etwas ausrichten könne. Ich wollte eine markige Drohung hinterlassen, aber mir fiel nichts ein. Aus dem Portemonnaie nahm ich die Visitenkarte von Berger und versuchte seine Privatnummer. Nur die sinnliche Stimme von Mo: »Wir sind gerade beschäftigt«, sagte sie, und es sollte wohl dicke Geschäfte oder heißen Sex suggerieren, so zufrieden gluckste sie die Worte und forderte einen auf, eine Nachricht zu hinterlassen, was ich nicht tat. Als Nächstes wählte ich die Nummer der Kantonalbank Regensdorf, entschied mich aber doch anders, hängte auf und fuhr geradewegs dorthin. Mettler, so wurde mir beschieden, sei nicht im Hause, man könne ihn auch nicht erreichen. Die Frau am Schalter war freundlich, aber sichtlich angewidert. Ich hatte eine Fahne, war verschwitzt und zerschlagen.

»Wenn Sie mir sagen würden, worum es sich handelt, könnte ich die zuständige Person informieren.«

»Schon gut«, brummte ich genervt und eilte hinüber ins Fitnesscenter.

Die solariumgegerbte Frau mit dem imposanten Ausschnitt hinter dem Tresen war diesmal auch weniger freundlich.

»Ist Rita da?«, fragte ich.

»Rita?«

»Rita Krämer, sie gibt irgendwelche Stunden hier.«

»Einen Moment!« Sie nahm ein abgegriffenes grünes Ringbuch in die Hand und fuhr mit dem Finger eine Tabelle entlang.

»Ihre Stunde dauert noch bis um Viertel vor eins.« Die Uhr hinter ihr zeigte zwanzig nach zwölf.

»Können Sie sie nicht ausrufen, ich muss sie sprechen.«

»Die Stunde dauert bis Viertel vor eins.«

Sie legte das Ringbuch beiseite und sah mich ungeduldig an. Da ich keine Lust hatte, Eintritt zu zahlen und Rita eigenhändig aus ihrer Stunde zu holen, gab ich auf und ging ins Einkaufszentrum hinüber. Der Kater hatte Hunger. Ich kaufte ihm ein Stück fettige Pizza und eine Cola, obwohl es nur Pepsi gab. Genau um Viertel vor eins stand ich wieder am Empfang des Fitnesscenters.

»Können Sie jetzt bitte …«

Die Blondgefärbte seufzte tief, ihre hellrosa Lippen kräuselten sich, ohne dass das angestrengte Lächeln aus ihrem Gesicht wich, vielleicht war es dort eingebrannt. Sie ging zum anderen Ende des Schalters, wo sie sich über ein Mikrophon beugte.

»Rita, bitte an den Empfang, Rita bitte!«

Dann wandte sich die Empfangsdame ostentativ einer Schublade zu, und ich trat vom Schalter weg, damit ich nicht im Weg stand.

Rita kam die Treppe heraufgeeilt, sie hatte ihre glänzenden Turnsachen an, um die Stirn ein Schweißband und um den Hals ein Frotteetuch. Die Frau hinter dem Schalter zeigte mit einem grell lackierten Fingernagel auf mich.

»Köbi, was willst du denn hier?«, fragte Rita. Ihr Atem ging schnell.

»Ich muss dich sprechen.«

Unter dem Blick ihrer Kollegin, der fragte, was sie denn mit so einem Wrack zu schaffen habe, gingen wir vor die Tür und stellten uns neben den Zaun vom Gartencenter.

»Du hast mich nicht angerufen«, sagte Rita kalt, ohne mich anzusehen.

»Ich weiß, ich hatte einiges um die Ohren.«

»Man siehts und man riechts!« Sie lachte angestrengt.
»Bitte, Rita, du musst mir vertrauen. Wenn alles vorbei ist, werde ich dir das Ganze genau erklären.«

»Das hab ich auch schon mal irgendwo gehört.« Endlich sah sie mich an, ihr Blick war feucht. Sie hatte sich in mir getäuscht.

»Hast du die Adresse von Mettler?«, fragte ich geradeheraus.

»Was willst du von ihm?« Sie kniff die Augen zusammen.

»Ich muss ihn dringend sehen. Er ist nicht bei der Arbeit.«

»Willst du dich bei ihm entschuldigen, wenn du es schon bei mir nicht tust?«

»Rita, bitte, und Entschuldigung, ja, ehrlich, es ist verdammt wichtig.«

Sie schüttelte den Kopf, fuhr sich mit dem Tuch über die Haare und rückte schließlich mit der Adresse raus.

»Ich melde mich, und vielen Dank«, klemmte ich die Unterhaltung ab und eilte zu meinem Fahrrad.

Mettler wohnte in Rümlang, in einem kleinen Doppelhaus. In der Einfahrt vor Mettlers Garage stand ein schwarzer vw Golf. Auf dem Heck prangte ein I-Herz-Triathlon-Kleber. Ich ging um das Haus herum zur Eingangstür. Vor dem Haus war ein kleiner Garten: frisch gemähter Rasen, vorne gegen die wenig befahrene Straße hin ein paar Sträucher. An der Seite gab es eine Pergola mit Grill und einen Steintisch mit einer Gartenbank davor. Alles sah sehr gepflegt, aber nicht besonders benutzt aus.

Ich atmete tief durch und klingelte. Nichts. Ich versuchte es erneut und läutete schließlich Sturm. Nichts. Vielleicht war er ja einkaufen oder trainieren gegangen. Ich versuchte durch die mit einem Rankengitter gesicherte Scheibe zu linsen. Unwillkürlich drückte ich dabei auf die Klinke. Es war offen.

»Mettler?«, rief ich und machte vorsichtig einen Schritt hinein.

»Mettler, hallo, ich bin's, Köbi.« Der Gang, in dem ich stand, war dunkel. Etwas drängte mich, sofort umzukehren, etwas anderes zog mich vorwärts. So setzte ich vorsichtig einen Fuß vor den anderen. Links war die Küche, rechts ging es in den oberen Stock hinauf, geradeaus war eine Tür, daneben stand das Telefon. Die Tür war angelehnt, ich öffnete sie mit dem linken Fuß.

»Mettler?«, fragte ich noch mal und trat in eine Art Esszimmer. Ein schöner runder Tisch mit vier Stühlen stand in der Mitte des Zimmers, rechts davon eine lange, schmale Kommode aus schwarz lackiertem Holz. Links war das Zimmer offen, ging in das Wohnzimmer über. Ein graues Ledersofa, zwei große Boxen daneben, zwei Fenster, ein orientalischer Teppich und darauf ein lebloser Körper.

Mettler lag auf dem Bauch, den Kopf seltsam verdreht, am Boden ein brauner Fleck.

»Gottverflucht!« Ich wagte mich nicht näher heran, sondern wich zurück. Rückwärts stolperte ich den Gang entlang und zur Tür hinaus. Draußen begann mein Herz zu rasen. Trotzdem fühlte ich mich plötzlich müde und erschlagen. Ich schaute nach rechts durch die Hecke, wo sich der Eingang des Nachbarhauses befand. Es war niemand zu sehen, auch im Garten hinter mir war es ruhig, aber das Risiko war viel zu groß. Unbemerkt abzuschleichen war kaum möglich. Ich wollte keinesfalls in die Lage kommen, erklären zu müssen, warum ich den Toten einfach liegen gelassen hatte. Oder ihn totgemacht hatte. Den Kater, den Schock und die lähmende Müdigkeit bezwingend, ging ich ganz um das Haus herum und läutete beim angebauten Nachbarn im Nebenhaus.

Eine Weile passierte überhaupt nichts, ich hütete mich aber, Sturm zu läuten oder durchs Fenster zu linsen. Wenn ich mich als Ermittler selbstständig machen würde, dachte ich, wäre die Anschaffung eines Natels unumgänglich. Es gab ja immer wieder Aktionen, wo man beim Kauf einer Turbopackung Waschmittel oder einer Lebensversicherung so ein Teil geschenkt kriegte, um sich nachher an den Abonnementskosten zu ruinieren.

Im Gang bewegte sich etwas. Ein alter Mann öffnete die Tür einen Spalt weit. Er war klein und gebeugt, sein Kopf fast kahl. Er schaute mich misstrauisch an.

»Sie wünschen?«

»Ihrem Nachbarn ist etwas passiert, wir müssen die Polizei rufen.«

Er schaute, als würde er nicht richtig verstehen, öffnete dann aber die Tür und ließ mich in den muffig riechenden Gang.

»Was ist los?«, fragte er und kniff die Augen zusammen.

»Ihrem Nachbarn, Herrn Mettler, ist etwas zugestoßen, wir müssen die Polizei rufen!«, erklärte ich laut und beugte mich zu ihm herunter. Er roch nach billiger Seife.

Er nickte und zeigte mir das Telefon, das auf einem kleinen Tischchen im Gang stand, an derselben Stelle wie drüben bei Mettler. Wahrscheinlich ging hier die Leitung durch.

»Bitte«, sagte er und deutete auf den uralten Apparat, an dem hinten die beiden Klingeln angebracht waren. Schwarz, mit einer hohen Gabel aus Metall und einer Wählscheibe. Dieses Modell wurde unterdessen schon wieder als Nostalgie-Telefon verkauft, aber das hier war ein Original. Der Hörer war schwer und kalt. Ich atmete tief durch und wählte den Notruf. Das Geräusch des Anziehens und Zurückratterns der Scheibe war mir so wohlig vertraut wie ein altes Kinderlied. Schade, dass die Nummer nur dreistellig war und dazu noch zwei Einsen drin hatte.

Ich erklärte, dass ein Toter gefunden worden sei, der Mann am anderen Ende interessierte sich nur für die Adresse.

»Es kommt sofort jemand!«

Während wir auf die Polizei warteten, servierte mir der alte Mann einen lauwarmen, schwachen Kaffee.

»Ein Unfall?«, fragte er.

»Ja, vermutlich«, sagte ich. Wir saßen an einem kleinen Küchentisch, der mit einem klebrigen Plastiktischtuch überzogen war. Ich wollte ihm keine Angst machen. Es sah so aus, als wohnte er allein hier.

»Ein sehr netter junger Herr«, brummte der Alte und zeigte in den Garten hinaus, in die falsche Richtung.

Ich nickte. Endlich läutete es. Zwei uniformierte Polizisten standen vor der Tür.

»Wer hat angerufen?«

»Ich«, antwortete ich wahrheitsgetreu. »Robert mein Name.«

»Weber.« Der schnauzbärtige Polizist drückte mir kräftig die Hand. »Also, was ist los?«

»Ich wollte zu Manfred, wir hatten abgemacht. Er hat nicht geantwortet, da bin ich rein. Am besten sehen Sie selber.«

Ich führte die beiden hinüber, der alte Mann blieb in seiner Haustür stehen.

»Haben Sie etwas angefasst?«, fragte der Polizist Weber.

»Nur die Klinke.«

»Aha!« Er drückte sie mit dem Ellbogen herunter, und wir traten ein.

»Wo ist er?«

»Da geradeaus, im Wohnzimmer.«

Wir gingen hinein, die beiden Polizisten voraus.

»Gopferteckel«, entfuhr es Weber. »Schöne Sauerei.«

»Jesses ja«, sagte sein Kollege, der jünger war und glatt rasiert.

»Ruf die Kollegen von der Kripo«, wies ihn Weber an.

»Gopferteckel!«, fluchte er noch mal. Der Jüngere ging hinaus.

»War das ein Freund von Ihnen?«, fragte mich Weber.

»Ein Bekannter«, antwortete ich vage. Es gibt nichts Verdächtigeres, als der Polizei eifrig Auskunft zu geben und Fragen zu beantworten, die niemand gestellt hat.

Weber brummte. Sein Kollege kam zurück.

»Kommt jemand«, beschied er. Wir warteten in der Küche.

»Sieht nicht gut aus«, sagte Weber unbestimmt und dann noch mal: »Gopferteckel!«

Sein jüngerer Kollege nickte. Dann begannen sie über einen Abegg und sein Auto zu reden.

Die Jungs von der Kripo kamen nach etwa einer halben Stunde. Der Kommissar, ein etwa fünfzigjähriger, dicker Mann, unterhielt sich erst mit Weber, wies den Kollegen von der Spurensicherung an und kam schließlich zu mir. Er setzte sich mir gegenüber an den Küchentisch.

»Segesser, Kriminalpolizei Zürich. Sie haben den Toten gefunden?«

»Ja.«

Er kramte ein Notizbuch hervor und nahm meine Personalien auf.

»Wann?«

»Vor etwa einer Stunde.«

»Sind Sie verwandt?«

»Nein, ein Bekannter.«

»Aha«, sagte er nur und meinte, ich müsse mitkommen zur Kripo, um meine Aussage zu machen.

So fuhr ich noch mal eine halbe Stunde später, nachdem auch noch die Sanität wegen des äußerst toten Mettlers gekommen war, in Segessers Polizei-Volvo nach Zürich auf den Posten an der Kasernenstraße. Mein Velo lag im Kofferraum, erst unterwegs fiel mir ein, dass das Ding ja geklaut war. Aber das kümmerte jetzt niemanden.

Ich stellte das Fahrrad draußen im Hof ab und wurde von Segesser in eine Art Wartezimmer geführt. Vor einem Schalter waren Schalensitze aus Plastik der Wand entlang auf einer Stange befestigt. Überall hingen alte Warn- und Hinweisplakate.

Gelegenheit macht Diebe, *Wir kommen immer, wenn man uns ruft* und so Sachen. Durch die Scheibe des Schalters und durch die meist geöffnete Tür sah man das Treiben in den dahinterliegenden Büros. Die Jungs schienen guter Dinge zu sein. Es wurden Leute hinein- und herausgebracht. Manchmal war nicht zu erkennen, wer der

Polizist und wer der Delinquent war, bis der eine von den Kollegen begrüßt wurde. Endlich wurde ich aufgerufen. Mir war unwohl. Man führte mich durch einen langen Gang in ein kleines, fensterloses Büro, wo ich abermals warten musste. Vor einem hellbraunen Holztisch, auf dem ein ranziges Computerterminal stand, das Keyboard auf einer grünen Schreibunterlage, nahm ich Platz. Ich saß so, dass ich den Bildschirm nicht einsehen konnte. Der Drucker stand hinten an der Wand auf einem schmalen Möbel. Endlich kam Segesser herein. Er schaltete den Computer ein. Der surrte, während der dicke Polizist seufzte. Umständlich auf dem Stuhl herumrutschend und seine fetten Finger mühsam auf dem Keyboard platzierend, nahm er meine Personalien zum zweiten Mal auf.

»Sie haben ihn also gefunden?«, fragte er.

Ich bejahte, und wir eruierten gemeinsam die ungefähre Uhrzeit. Er fragte mich nach dem Grund meines Besuches.

»Er hat gesagt, er hätte ein Rennvelo zu verkaufen.« Ich hoffte inbrünstig, dass Mettler einen Renner besaß, was angesichts des Triathlon-Klebers zu vermuten war. Besser noch wären zwei!

»Aha. Aber Sie haben doch ein Velo«, brummte Segesser.

»Ja«, sagte ich, »aber kein besonders gutes.«

»Aha. War der Tote ein Freund von Ihnen?«

»Nein, wir kennen uns vom Training.«

»Aha. Und Sie gehen einfach in die Wohnung von Leuten, die Sie nicht gut kennen.« Er schaute mir in die Augen.

»Eigentlich nicht, aber da war irgendetwas. Ich hatte plötzlich ein schlechtes Gefühl und bin nachschauen gegangen.«

»Aha.«

Es war nicht zu sagen, ob der Dicke einfach mürrisch oder misstrauisch war. Auf alle Fälle war er nicht sehr freundlich. Schließlich fragte er, ob ich einen Verdacht hätte.

Ich verneinte, wir hätten uns wie gesagt nicht gut gekannt, vom Training eben.

»Aha. Was für Training?«

»Fitnesscenter Regensdorf.« Ich hoffte, dass man das nicht allzu genau prüfte. Immerhin hatte man uns dort ja schon zusammen gesehen.

Segesser stellte noch einen Haufen Fragen. Meine eintönigen Antworten quittierte er jedes Mal mit einem »Aha«. Er schien zu schwanken, ob er mich dabehalten oder gehen lassen sollte. Schließlich durfte ich gehen, musste aber versprechen, mich zur Verfügung zu halten, wie es so schön heißt. Es war schon nach fünf Uhr, als ich das Kripogebäude verließ.

Vor lauter Aufregung und auf Grund einer gewissen Lähmung, die mich immer in Gegenwart der Polizei befällt, war ich noch gar nicht dazu gekommen, richtig nachzudenken. Ich brauchte auch nicht lange zu hirnen, die Sache war klar. Der arme Mettler, er war definitiv mehr Opfer als Täter. Ich hatte mich getäuscht. Berger räumte auf, und zwar gewaltig. Wer der Nächste sein würde, war leicht auszurechnen. Vielleicht war ja bei mir auch schon eingebrochen oder die Bude bereits abgefackelt worden.

Einen Moment dachte ich daran, umzukehren und Segesser die ganze Geschichte haarklein zu erzählen. Was hatte ich schon zu verlieren? Wenn er mich für verrückt erklären oder einsperren ließ, war ich wenigstens in Sicherheit. Ich ließ es aber doch lieber bleiben, hielt bei der nächsten Telefonzelle an und wählte die Natelnummer des Wieners. Er meldete sich mit einem matten Seufzer.

»Wiener, du Hund, ich bin es, Köbi! Häng nicht auf, wo bist du?«

»Im Pflug.«

»Beweg dich nicht von der Stelle, ich komme gleich rüber!« Ich zirkelte mich zwischen den stockenden Autos und den strömenden Menschen durch zu der Eckkneipe nahe der Langstraße.

Der Wiener saß mit zwei Kumpanen am Personaltisch und zog den unterdessen kurz geschorenen Kopf ein, als ich hereinkam. Ich dirigierte ihn an den Tisch beim Eingang, weg von den anderen, nicht allzu zahlreichen Gästen. Als Erstes beschimpfte ich ihn lange und ausgiebig, hieß ihn einen Hund und schlechten Freund, einen Betrüger und unzuverlässigen Lumpen. Zweitens rechnete ich ihm vor, was er mir schuldete, unter anderem den Vorschuss von mir und den von Wegmüller. Ich kam richtig in Fahrt, nach meinen eigenen Kapriolen und meinem Versagen tat es richtig wohl, einem anderen die Kappe zu waschen. Bevor der Wiener vor Scham unter den Tisch sank, bot ich meine Hand zur Wiedergutmachung.

Ich verpflichtete ihn, bei mir zu bleiben, bis die beiden Halunken zurückkämen. Ich wollte ihnen einen gebührenden Empfang bereiten, war aber selbst kaum in der Lage dazu. Der Wiener war früher mal ein guter Boxer gewesen. Ich erinnerte mich lebhaft, wie er an einem Konzert einen großen Skin mit einem einzigen Schlag gefällt hatte, ohne die Bierflasche in der anderen Hand loszulassen. Nur so aus dem Stand heraus! Gut möglich, dass seine Form gelitten hatte, aber einen anderen Leibwächter konnte ich mir nicht leisten.

»Warte hier, ich hole meine Sachen.« Seine Augen leuchteten vor Tatendurst und Eifer. Zur Versöhnung und Besiegelung des Paktes tranken wir eine Stange zusammen.

»Sauf nicht zu viel, du bist auf Arbeit!«, mahnte ich, und der Wiener stand auf und versprach, bald zurück zu sein.

Eine halbe Stunde später tauchte er auf. Er hatte sich umgezogen. Statt der Jeans, Turnschuhe und der Lederjacke trug er jetzt wieder Armeehosen und Fallschirmspringerstiefel, eine schwarze Jeansweste mit Nieten und das T-Shirt einer Punkband, die wahrscheinlich immer noch in einem Teil der Welt auf Tour war. Außerdem hatte er einen grünen Seesack dabei. Des Wieners Outfit mutete vertraut, aber auch recht unzeitgemäß an. Der gute Mann war ja nicht mehr zwanzig, und es war auch nicht mehr 1978. Sich nicht zu ändern, wurde vor allem von jenen als Stärke angesehen, die einfach zu träge waren, sich etwas anderes vorzustellen. Die Rechtsumkehr war natürlich nicht besser, und ich fragte mich, wo ich denn überhaupt stand: zwischen dem Wiener und Pat Empty oder dem Bezirksanwalt Kotzwinkel? Irgendwann hatte auch ich die T-Shirts mit den bösen Bands oder den derben Parolen gegen diskretere Hemden eingetauscht, von denen einige behaupteten, sie seien aus Abwaschtüchern geschneidert.

Ich ließ den Wiener gar nicht erst Platz nehmen, da ich wusste, wozu das führen würde. Auch ich hatte Lust, mich hier volllaufen zu lassen, bis die Wirtin uns vor die Türe setzen würde. Die Pflicht rief, und so verließen wir das Lokal.

Für den Fall, dass Berger oder seine beiden Gorillas mein Haus überwachten, schlüpften wir durch die Bar hinein. Die Wohnung war noch intakt. Sie war weder aufgebrochen worden noch abgebrannt. Zum Glück hatte ich wie so oft das Licht in der Küche brennen lassen, sodass wir nicht im Dunkeln zu sitzen brauchten, falls hin und wieder ein Kontrollblick hinaufgeschickt wurde. Ich wollte kein Risiko eingehen und die Konfrontation mindestens bis zum nächsten Tag hinauszögern, denn mir war überhaupt nicht mehr nach Kämpfen. Der abgebrannte Hof, der tote Mettler, das reichte für heute!

»Was ist denn da drin?«, fragte ich den Wiener, der seinen Seesack abstellte.

»Du bist im Krieg, nicht wahr? Im Krieg entscheiden die Waffen!« Er zog aus der Tasche eine gottverdammte AK 47, eine Kalaschnikow mit zwei Magazinen.

»Teufel auch!«, staunte ich. »Hoffentlich brauchen wir das Ding nicht.«

»Und wenn schon!« Er grinste und stellte die Knarre in die Ecke.

Jetzt konnten wir nur noch warten. Wir holten uns in der Bar Bier und belegte Brote, hörten alte Platten, und schließlich drehte der Wiener einen Joint, der mich flachlegte. Friendly Fire nannte man das wohl.

18

Das Telefon läutete. Meine Träume wurden wieder einmal unsanft gestört, und ich durfte nicht länger meine Rinder gen San Bernardino treiben. Die Nacht war nicht ungestört verlaufen, ich war immer wieder aufgewacht und hatte keine Position gefunden, in der mir die verdammten Rippen nicht wehtaten. Vorsichtig stand ich auf. Ich stolperte über den Wiener, der im Telefonzimmer am Boden schlief. Er lag in meinem Schlafsack, die Stiefel zu seinen Füßen und das Gewehr zu seiner Rechten. Ein waschechter Söldner.

»Ja?«, raunte ich in den Hörer.

»Köbi, ich bin's, Beat!«

Nach ungefähr zehn Sekunden brachte ich den Namen mit Rothenbühler zusammen. Ich würde mich nie daran gewöhnen.

»Du wirst es nicht glauben, Bruno hat widerrufen. Es ist ihm sogar eingefallen, was für eine Sendung er zur Tatzeit gesehen hat. *Benissimo*! Obwohl er das weiß Gott wo erfahren haben kann.«

»Aber es stimmt!«, sagte ich.

»Eigentlich wollte ich dich gestern Abend schon anrufen, aber ich bin eingepennt, war ja ein harter Tag. Und sonst, geht's vorwärts?« Rothenbühler war äußerst dynamisch an diesem Samstagmorgen.

»Fast zu schnell!« Ich wollte ihm noch nichts von Mettler erzählen. Sollte er seinen Samstag genießen. »Hast du von Kotzwinkel schon was gehört?«

»Nein, er meldet sich bei dir.«

»Gut.«

Wir versicherten uns noch gegenseitig, dass es ein toller Abend gewesen war vorgestern und dass wir uns auch sonst mal wieder treffen sollten. Privat, sozusagen.

Ich kochte Kaffee und untersuchte meinen leeren Kühlschrank. Der Kaffeeduft weckte den äußerst zerknüllten Wiener. Nach der ersten Tasse drehte er sich bereits seine erste Tüte. Der schwere, süße Duft erfüllte den Raum.

»Was tun wir jetzt?«, fragte er, anscheinend von dem Zeug erst richtig wach werdend.

»Wir warten«, sagte ich. »Und du gehst einkaufen.«

Ich machte ihm eine ausführliche Liste, gab ihm Geld und meine Schlüssel und verbot ihm eindringlich, unterwegs einzukehren. Der Wiener versprach es, und mir war, als hätte er beinahe salutiert.

Es war ein windiger, grauer Samstagmorgen, und ich legte mich wieder hin. Der Wiener, der pflichtschuldigst alles erledigt hatte, weckte mich, und wir nahmen ein zweites Frühstück ein. Dann rief ich Mónica an, die aber nicht zu Hause war. Einen Moment überlegte ich, Rita anzurufen, ließ es aber sein. Den Tag verschlief ich größtenteils, zwischendurch die vom Wiener apportierten Zeitungen studierend. Der *Blick* brachte Bilder vom abgebrannten Baumannhof, Nachbarn aus der Neubausiedlung, die das Inferno schilderten, und nannte Brandstiftung als mögliche Ursache.

Am Abend kochte uns der Wiener ein leckeres und deftiges Mahl, wir sahen fern, und ich ließ mich zu einem Joint hinreißen. Nach *Wetten, dass..?*, welches der Wiener protestierend über sich ergehen ließ und das auch wirklich Blödsinn war, schauten wir noch einen Söldnerfilm an, der uns in die richtige Stimmung brachte.

Ich fühlte mich wieder besser und beschloss, mich morgen zu zeigen. Die Sache musste zu einem Ende kommen!

19

Schon wieder war es das Telefon, das mich aus dem Schlaf riss.

»Herr Robert?«

»Ja.«

»Ferdinand Kotzwinkel, ich bin der, dem Beat Rothenbühler die Ordner gegeben hat.«

»Ja?« Mehr fiel mir nicht ein. Zu meinem Glück hatte der Mann am Samstagabend nichts Besseres zu tun gehabt, als die Ordner zu studieren. Vielleicht verdankte ich das dem stinklangweiligen *Wetten, dass..?* oder der davongelaufenen Ehefrau.

»Hören Sie zu, diese Unterlagen sind hochbrisant. Die Jungs von der ZKB haben bei der J&F einen Haufen Geld in den Sand gesetzt. Die J&F hat ein paar hochriskante Optionsfonds verwaltet, die arge Verluste einfuhren. So wie es aussieht, hat die J&F nicht immer korrekt über den Stand der Dinge informiert. Wahrscheinlich hat sie sogar gezinkte Unterlagen vorgelegt und auch dann noch Geld entgegengenommen, als schon längst alles bachab ging. Sie versuchten wohl, die Löcher zu stopfen, und hofften auf bessere Zeiten. Einige Vorgänge kann man durchaus als Betrug bezeichnen.«

»Berger!«, entfuhr es mir laut. Der Wiener schreckte hoch und sah mich erstaunt an. Zum Glück griff er nicht nach der Waffe und erschoss mich.

»Der Chef von J&F Consulting? Der steckt in ganz dicken Schwierigkeiten. Hören Sie, ich habe ein bisschen nachgeforscht. Die waren vor drei Jahren noch eine aufstrebende Größe am Investmenthimmel, heute scheinen sie bankrott zu sein.

Gegen die Firma ist eine Untersuchung im Gang. Anscheinend wurde von anonymer Seite Material in Aussicht gestellt, das aber nie eingetroffen ist.«

»Baumann.«

»Wie bitte?«

»Werner Baumann, der wusste zu viel und wollte auspacken. Er wurde vor zwei Wochen erschlagen. Sein Kollege Mettler vor zwei Tagen.«

»Was sagen Sie da?«

»Das stimmt alles, und ich kenne den Mörder.«

»Berger?«

»Der Mann läuft Amok!«

»Hat auch allen Grund dazu. Allein das Material hier ist äußerst belastend für ihn, aber auch für die ZKB Regensdorf und deren Anlageberatung.«

»Die ist ausradiert, ebenjener Baumann und jener Mettler.«

»Hören Sie, Herr Robert, ich kann die Sache nicht einfach unter Verschluss halten, ich werde das Material behalten und Berger zur Verhaftung ausschreiben lassen. Sie werden eventuell als Zeuge gebraucht.«

Ich seufzte, aber es ging ja nicht anders.

»Wissen Sie, wo Berger ist?«, fragte Kotzwinkel.

»Noch nicht, aber ich finde ihn oder eher er mich!«

»Wenn ich Sie wäre, würde ich die Finger von der Sache lassen.«

»Danke, ich werd's versuchen.«

»Ist schon recht, auf Wiederhören, Herr Robert.« Wir hängten auf.

»Was ist?«, fragte der Wiener.

»Es geht los«, sagte ich.

Der Wiener wollte aufspringen, verhedderte sich aber im Schlafsack.

»Nur ruhig, ich mache Frühstück.«

Mittags verließ ich das Haus, drehte eine kurze Runde und kam mit dem *SonntagsBlick* unter dem Arm wieder zurück. Nur zwanzig Minuten später läutete es an der Tür.

Der Wiener sicherte das Treppenhaus, während ich den Summer drückte. Die Jungs meldeten sich wiederum als Post an, was ja wohl schwerlich möglich war an einem Sonntag. Ich eilte hinaus, um den Lift in Empfang zu nehmen. Wir hörten Schritte und den Aufzug. Nach kurzem Blickkontakt entschied sich aber der Wiener für den Lift, und ich drückte mich ins Treppenhaus.

Ich hatte Glück, der große Blonde kam federnden Schrittes und Kaugummi kauend um die Ecke gebogen. Ich brauchte ihm nur die Beretta unter das ausladende Kinn zu halten.

»Pfoten hoch und keinen Mucks!«, zischte ich. Er schien zu verstehen, nahm gelangweilt die Arme hoch, ohne mit dem Kauen aufzuhören. Der Wiener riss die Lifttür auf und warf sich, die AK voraus, hinein. Van Damme hätte es nicht besser gekonnt. Als er wieder herauskam, hatte er den Italiener im Polizeigriff vor sich, dem er die Kalaschnikow in den Nacken drückte. Wir trieben die beiden in die Wohnung. Sogar Kabelbinder hatten wir dabei, ich hatte sie auf des Wieners Einkaufszettel geschrieben. Um es den Gangstern gleichzutun, wies ich den Wiener an, Musik laufen zu lassen. Wir hatten vorher noch auf des Wieners ausdrücklichen Wunsch Discharge gehört, und so krachte dieser Höllensound durch die Wohnung. Da mir die Original-LP abhandengekommen war, mussten wir mit einer CD vorlieb nehmen, aber sie tat es auch.

Die Situation hatte durchaus etwas Reizvolles: Wir, die alten Punker, hatten zwei gottverdammte, geschniegelte Banker oder Stenze oder was auch immer vor unseren Knarren, und es sah fast so aus, als hätten wir gewonnen. So ungefähr hatte man sich das ja mal vorgestellt in jungen Jahren. Alles war dann anders gekommen, aber jetzt, für diese paar Sekunden, schien die Welt plötzlich in Ordnung. Wir hatten für einmal gesiegt, aber es blieb uns keine Zeit, uns zu freuen.

Die Jungs waren gekommen, um sich den Ordner abzuholen, den sie letztes Mal verschmäht hatten. Berger hatte ihnen wohl die Hölle heißgemacht. Wer weiß, weshalb er mit einem Mal die Nerven verloren hatte und alles und jeden aus dem Weg räumen wollte. Ich hoffte, dass er sich noch nicht abgeseilt hatte. Der Italiener trug heute ein weißes T-Shirt, schwarze Bundfaltenhosen und eine schwarze, gerade geschnittene Lederjacke, der Große einen hellblauen Anzug und ein graues Hemd.

Wir durchsuchten sie und fanden zwei Natels, Brieftaschen und ein paar Kabelbinder. Der Große mit dem kräftigen Kinn wagte, während ich den Italiener filzte, einen kurzen Ausfall. Der Wiener hieb ihm den Kolben der AK in die Fresse, dass es krachte. Das große Kinn war lädiert. »Keinen Scheiß!«, schrie der Wiener. Deshalb lief ja die Musik, damit man das Brüllen und das Krachen der Knochen nicht hören konnte.

»Wo ist Berger?«, fragte ich den Italiener.

Die beiden machten auf hart, aber jetzt war die Reihe an uns. Um Gerechtigkeit walten zu lassen, knallte ich dem Italiener auch eins in die Fresse, das hatte er verdient. Dann versuchte ich es auf die diplomatische Tour. Ich hatte keine Lust, die ganzen Droh- und Kastrationsgebärden durchzuturnen, obwohl der Italiener sicher darauf reagiert hätte. Typen wie der waren ja meist so in ihren Schwanz verliebt, dass sie glaubten, auf öffentlichen WCs lauerten Horden von Perversen, deren Befriedigung darin liege, auf ihr Schrumpelteil zu starren. Pech für den Unglücklichen, der aus Versehen in ihre Richtung schaute.

»Hört zu, Berger wird gesucht. Wenn ihr wollt, können wir die Bullen rufen. Die freuen sich sicher, seine Komplizen zu haben. Bei der Sache auf dem Hof wart ihr ja wohl auch beteiligt.«

Es war ihnen nicht anzusehen, ob ich recht hatte.

»Ihr könnt loyal bleiben und mithängen oder uns sagen, wo wir ihn finden, und abhauen.«

Die beiden warfen sich einen Blick zu, der Italiener fluchte auf ostschweizeritalienisch.

»Dann ist da noch der Mord an Mettler, der untersuchende Kommissar heißt Segesser, und der wäre wirklich froh um einen Tipp.«

»Was sagst du …« Das Kinn sah mich erstaunt an.

»Warst du das?«

»Nein! Scheiße, wir machen hier nur einen kleinen Job für Kohle, nichts weiter. Wir sind Security-Leute, Berger ist im gleichen Klub wie wir. Hat gesagt, du hättest ihm was geklaut, aber er wolle nicht zu den Bullen. Er hat so was angedeutet, er habe bald keine Gegner mehr, sie sterben oder zerfallen zu Asche. Scheiße, der spinnt doch, damit will ich nichts zu tun haben.« Er verzog schmerzgeplagt das Gesicht. Zu viel reden war nicht gut für seinen lädierten Kiefer. Eigentlich war es ja eine Beleidigung, dass Berger mich nicht auch persönlich kaltmachen kam, sondern nur die Unterlagen sicherstellen ließ. Ich zählte in seinem Bewertungs- und Einteilungssystem wohl nicht zu den gleichwertigen Gegnern, ich war wohl eine ganz klare Null, ein Verlierer. Vielleicht hatte er sich da getäuscht.

»Wann und wo solltet ihr ihm das Teil übergeben?«

»Um vier Uhr, am See, Fischerstube«, gab der Italiener nach.

»Wie bitte?« Ich wollte es noch einmal hören.

»Berger will, dass wir ihm den Ordner um vier Uhr in die Fischerstube bringen.«

Ich durchsuchte die Brieftaschen der beiden Hohlköpfe, fand die Ausweise und studierte sie eingehend.

»Wenn Berger nicht dort ist, seid ihr ab halb fünf Uhr ausgeschrieben, Jungs.«

Zur Sicherheit entfernte ich noch die SIM-Karten aus ihren Natels.

»Und jetzt haut ab!«

Wir brauchten es ihnen nicht zweimal zu sagen.

Es war schon Viertel nach fünf, als wir an der Fischerstube ankamen. Berger saß alleine an einem Tisch auf der Terrasse. Er trug einen grauen, dünnen Anzug, auf der Nase eine Sonnenbrille, das blonde Haar mit Gel nach hinten gepappt. Er wirkte nervös, trommelte mit den Fingern auf den Tisch, schaute alle dreißig Sekunden auf die Uhr. Eigentlich hätte ich ja ganz einfach die Bullen rufen können, aber ob Kotzwinkel ihn schon zur Fahndung ausgeschrieben hatte, wusste ich nicht. Immerhin war Berger noch nicht in New York. Er hatte aber schon ein Flugticket in der Tasche, wie sich später herausstellte. Allerdings auf die Bahamas. Ich ließ den Wiener draußen und ging an den Tisch. Lässig ließ ich mich Berger gegenüber auf den Stuhl fallen.

»Es ist vorbei, Berger.«

Er schaute mich grinsend an, verdammt cool. Dann sprang er auf, stieß mich vor die Brust, sodass ich in den nächsten Tisch krachte, und rannte davon. Bevor er den Ausgang erreicht hatte, prallte er gegen den Wiener, der auf

Zack war. Es kam zu einer heftigen Schlägerei. Der Wiener kassierte ein paar, ließ sich aber nicht beeindrucken und rammte ihn schließlich gegen die Balustrade. Die Gäste waren kreischend aufgesprungen, die Kellner eilten herbei, aber niemand wollte eingreifen. Der Wiener sah wohl zu gefährlich aus, mit seiner Armeekleidung und seinem rasierten Schädel. Außerdem blutete er aus der Nase. Ich hatte mich unterdessen auch wieder aufgerappelt, wobei mir niemand geholfen hatte. Ich bahnte mir einen Weg durch die Leute. Ein paar waren am Telefonieren, sie riefen hoffentlich die Bullen.

»Was zum Teufel wollen Sie?«, keuchte Berger, vom Wiener am zerrissenen Hemd festgehalten. Der Wiener grunzte nur und sah zu mir herüber. Berger nutzte den Moment, um sein Knie hochzustoßen. Es traf den Wiener an der Leiste. Dessen Augen weiteten sich, und ich fürchtete schon, er würde Berger loslassen. Aber der Wiener duckte sich, kam mit der Schulter unter Bergers Bein und stand mit einem Urschrei auf. Er warf den Anlageberater über die Balustrade in den See. Filmreif, wie in einem billigen Krimi.

Da kam auch schon die Polizei, die mit einem Sechserpack angerückt war, und fischte ihn heraus. Ein Punker, der einen Anzugträger verprügelt, lockt die Seereinhaltetruppe schnell herbei. Sie funkten nach einem Arrestwagen, und so fuhren wir alle drei auf die Wache. Auf der Fahrt schwieg Berger verbissen, indes ich den Wiener für seinen Einsatz lobte. Man brachte uns auf die Seefeldwache und verhörte uns einzeln. Ich sagte, der Mann da habe mich einfach angegriffen, als ich fragte, ob der Platz noch frei sei. Der Wiener habe mir ganz einfach geholfen. Noch bevor mir der Polizist sagen konnte, wohin ich mir diese Geschichte stecken könne, kam sein Kollege herein.

»Schau dir mal das an«, sagte er und legte ein A4-Papier auf den Tisch.

»Oha!«, machte der andere und wandte sich mir zu: »Ihr Kontrahent ist seit heute zur Fahndung ausgeschrieben: *Betrug*, *Veruntreuung* und *Mordverdacht*. Reiner Zufall, was?«

»Reiner Zufall!«, versuchte ich zu lächeln.

Der Polizist warf mich raus. Später musste ich ein dürres Protokoll unterschreiben, und dann ließ man mich noch ein paar Stunden warten, bis auch der Wiener wiederkam, und wir beide gehen durften. Er hatte fast dasselbe erzählt. »Der Mann ging auf meinen Kollegen los, und da bin ich ran.« Mehr wusste er wirklich nicht.

Ich rief sofort Mónica und Beat an und beorderte sie zu mir in die Wohnung.

»Es gibt etwas zu feiern«, sagte ich.

Der Wiener holte in der Alten Metzgerei einen Arm Bierdosen und schaffte es noch, unterwegs eine Flasche Cognac zu erstehen, die irgendwo gestohlen worden war. Rothenbühler brachte Champagner und Mónica Gras. Ich erklärte unseren Triumph so gut es ging, die Heldenhaftigkeit des Wieners immer wieder herausstreichend. Es wurde eine bebende Balkonfete. Ein Glück, dass niemand herunterfiel, vor allem ich nicht, als der Wiener an mir demonstrierte, wie er Berger in den See geworfen hatte.

Irgendwann ging Rothenbühler nach Hause, Mónica blieb, und wir verzogen uns bettwärts, während der Wiener mit dem Cognac sitzen blieb. Als ich pissen ging, saß er noch immer da, rauchte einen Joint und lachte ab und zu ein kehliges »Hähä«. Mónica ließ meine Trunkenheit diesmal nicht gelten, und so dauerte es lange, bis wir endlich schwer und zufrieden einschliefen.

20

Mitte der Woche rief mich Rothenbühler an. Bruno würde bald entlassen werden. Berger hatte gestanden. In seinem Porsche war die Tatwaffe, ein mit Isolierband umwickeltes Stück Eisenrohr, gefunden worden. Hatte er anscheinend immer im Auto, zur Erwirkung des Vortrittsrechts sehr wahrscheinlich. Wirklich ein sympathischer Bursche.

Der Tag, an dem Bruno entlassen wurde, fiel genau auf den ersten Tag meines Kurses, sodass ich ihn erst am Abend sah. Rita, Rothenbühler und der Wiener hatten ihn abgeholt. Seine Ex-Frau war schon wieder weg, als ich eintraf. Es wurde wieder eine lange Nacht.

Trotzdem ich am zweiten Tag schon mit einer Fahne und komplett abgehubert in meinem Pültchen hing, schaffte ich es, den Kurs vom Arbeitsamt erfolgreich zu absolvieren.

Rothenbühler und Mónica halfen mir, mein Projekt zu formulieren, abzutippen und einzugeben.

Ende Oktober war die Sache geritzt, ich war jetzt selbstständig. Für zweihundert Franken ließ ich mir beim Schlüsselmacher ein Schild fertigen, das ich unten an der Tafel mit den im Haus ansässigen Firmen in einer Lücke anbringen konnte:

J. K. Robert, Ermittlungen stand darauf. Das mit den Doppelinitialen hatte ich Berger abgeschaut.

Stephan Pörtner

Stephan Pörtner, geboren 1965, wuchs in einer Schriftstellerfamilie auf: Seine Mutter war Übersetzerin, sein Vater Autor, seine Schwester ist die Schriftstellerin Milena Moser. Er lebt in Zürich, wo seine sechs Krimis mit Köbi Robert, dem Detektiv wider Willen, spielen. Der letzte Band *Pöschwies* wurde mit einem Werkbeitrag ausgezeichnet, für *Stirb, schöner Engel* erhielt er den Zürcher Krimipreis. Pörtner war bereits drei Mal für den Glauser Kurzkrimi-Preis nominiert. Für das Straßenmagazin *Surprise* schreibt er die Kolumne Tour de Suisse, für das Schweizer Radio Hörspiele, ist Co-Autor der Theaterstücke *Polizeiruf 117* und *Die Bankräuber*. Sein jüngster Roman *Heimatlos* wurde von der Literaturkommission des Kantons Zürich mit einem Anerkennungsbeitrag ausgezeichnet.